BRUXAS AOS FARRAPOS

UM MISTÉRIO DAS BRUXAS DE WESTWICK

COLLEEN CROSS

Traduzido por

CHRISTIANE JOST

OUTRAS OBRAS DE COLLEEN CROSS

Boletim informativo de novos lançamentos
http://eepurl.com/c0jHW1

Série de Aventuras de Suspense e Mistério com a Investigadora Katerina Carter
Teoria dos Jogos
Fórmula Mortal
Greenwashing : A Farsa Verde
A Farsa Vermelha - uma curta história

Série Mistérios das Bruxas de Westwick
Que Bruxaria é Essa?
Bruxas aos Farrapos
Bruxas e Famosas
Bruxarias de Natal

Não ficção
Anatomy of a Ponzi Scheme

BRUXAS AOS FARRAPOS

UM MISTÉRIO PARANORMAL DAS BRUXAS DE WESTWICK

Vencer, perder ou empatar...

Cendrine West não consegue uma folga. Ela está prestes a conseguir um novo emprego e as coisas estão melhorando com o delegado *sexy*, Tyler Gates. Tudo muda quando ela é sequestrada pela bruxa renegada, tia Pearl, que quer vingar a morte recente de uma amiga. É Las Vegas ou a prisão... por todos os motivos errados.

Rocco Racatelli é um homem rico de Vegas... e o próximo alvo da máfia. A sorte lhe deu uma mão perdedora e ele quer vingança. Quando tia Pearl aparece, muito disposta a ajudar, o projeto Vingança em Vegas rapidamente se transforma em uma guerra da máfia. Quando as bruxas entram no submundo da Cidade do Pecado, os cadáveres se acumulam e segredos são expostos.

Não é apenas o calor de Las Vegas que é escaldante... Rocco está disposto a ganhar o coração de Cen. Mas ela só quer o homem que deixou para trás em Westwick Corners. A única coisa que ela precisa fazer é solucionar um assassinato, vencer a tia na magia e derrubar a máfia de Las Vegas. O que poderia dar errado?

Quando o crime organizado encontra a magia desorganizada, tudo pode acontecer! À medida que o número de corpos aumenta, fica claro que Cen precisa de mais do que um milagre no deserto para consertar as coisas.

"Uma história sobrenatural enfeitiçadora. Se você gosta de mistérios divertidos, adorará Cendrine West e sua família maluca!"

Se você gosta de mistérios divertidos, com uma boa dose de humor e sobrenatural, adorará este livro paranormal!

CAPÍTULO 1

Eu precisava de um emprego. Precisava de gasolina e precisava de um tempo.

As chances de conseguir qualquer uma dessas coisas eram mínimas. O tanque de combustível estava vazio e a bomba de gasolina solitária no posto Gas N' Go de Westwick Corners estava quebrada. A bomba pré-histórica não tinha interfone e odiei a ideia de andar até o caixa com os saltos tão altos.

Eu já estava atrasada para a entrevista de emprego no The Shady Creek Tattler. Era humilhante admitir que meu próprio jornal, o The Westwick Corners Weekly, estava a poucos dias da falência. A última coisa que eu queria era trabalhar para a concorrência, mas precisava de dinheiro. Eu estava em conflito. Não queria dar as costas a Westwick Corners, a cidade quase fantasma que tentávamos revitalizar. Mas eu precisava me sustentar.

Todos os empregos decentes ficavam a uma hora, em Shady Creek. Eu percebera tarde demais que Westwick Corners era pequena demais para aguentar muita coisa, incluindo o jornal que eu comprara no ano anterior do antigo dono, que se aposentara. O The Westwick Corners Weekly fora uma compra por impulso. Meu plano de comprar para mim um emprego dos sonhos se tornara um sumidouro de dinheiro sem fim.

Minha última esperança de permanecer em funcionamento era o emprego de repórter de meio expediente em Shady Creek. Pelo menos, eu conseguiria me sustentar enquanto colocava meu jornal de volta nos trilhos. Mas até mesmo isso estaria correndo risco se eu não conseguisse encher o tanque de combustível. Acenei freneticamente em direção às janelas com vidros espelhados, torcendo para que o caixa lá dentro me visse e arrumasse a bomba.

Nada.

Xinguei baixinho enquanto varria o asfalto com os olhos. Meu humor melhorou quando vi um rapaz magro, cheio de sardas, parado ao lado de um trailer gigante. O atendente do posto de combustível parecia ter entre quinze e vinte anos, e vestia uma camiseta muito grande, em que estava estampado Gas N' Go, e uma bermuda larga. Eu não o vira na cidade antes e imaginei que tivesse chegado recentemente. O que era estranho, pois raramente tínhamos visitantes, quanto mais novos residentes. A fofoca normalmente precedia qualquer novo residente em pelo menos alguns dias.

Acenei para o atendente, mas ele me ignorou enquanto verificava a pressão nos pneus do trailer. Não era surpresa. Qualquer pessoa de muda para Westwick Corners geralmente estava fugindo de alguém ou de algum lugar. Cidades quase fantasmas não eram exatamente os melhores lugares para morar, mas eram esconderijos perfeitos. Ninguém aparecia para procurar alguém.

Minha esperança aumentou quando a porta do trailer se abriu e tia Pearl saiu. Ela acenou freneticamente e praticamente voou na minha direção. Poucas mulheres de setenta anos se moviam tão depressa, mas a irmã mais velha de mamãe tinha uma vantagem secreta. Como o restante das mulheres da família West, ela era uma bruxa.

— Ganhei! Ganhei! — Minha tia de quarenta e cinco quilos parou na ilha de concreto e cambaleou antes de perder o equilíbrio e cair sobre mim.

— Cuidado! — A mangueira de gasolina voou da minha mão quando saltei para trás para me esquivar de minha tia. A mangueira bateu na lateral do meu Honda enferrujado e amassado. E, subitamente, ela funcionou.

A gasolina derramou no asfalto rachado. Eu tinha um daqueles aparelhos automáticos que prendiam no bico da mangueira e prendera-o na posição aberta. Era muito azar que o bico tivesse desentupido no exato momento em que a mangueira caiu da minha mão.

Mais dinheiro indo pelo ralo.

Corri para segurar a mangueira enquanto ela se debatia fora de controle por causa da pressão da gasolina. Só consegui capturar o combustível. Ele derramou sobre meu vestido e meu casaco novos, que eu comprara especialmente para a entrevista de emprego.

Fiz uma careta quando o combustível ardeu nas minhas pernas recém-depiladas. A gasolina se acumulou em poças aos meus pés. Fiquei parada em choque, encharcada, furiosa e sem palavras.

Aquilo chamou a atenção do atendente, que correu na nossa direção. — Ei, você vai ter que pagar!

A mangueira girava enlouquecidamente por causa da pressão do combustível. Finalmente, consegui segurar o bico, mas, antes que pudesse virá-lo para longe, ele me molhou de novo, da cabeça aos pés. A única coisa que me salvou foi o fato de ainda estar de óculos escuros.

A gasolina entrou nas minhas narinas e cobriu os óculos escuros. Soltei o bico e ergui as mãos para o rosto para bloquear o jato. Passei os dedos sobre as lentes dos óculos, mas tudo, incluindo tia Pearl, estava borrado.

— Não me machuque! — gritou tia Pearl ao dar um passo atrás e sacudir os braços no ar.

— Segure a mangueira, rápido! Ajude-me, não consigo enxergar! — Sacudi os braços enquanto tentava cegamente pegar a mangueira. Minha mão direita finalmente se fechou em volta do bico, mas, quando tentei tirar meu aparelho da mangueira, minha unha dobrou para trás.

— Ai! — Soltei a mangueira de novo, que molhou meus tornozelos ao cair no chão. Tentei pegar o bico, mas não consegui segurá-lo com força suficiente. Meus dedos ficaram amortecidos com as tentativas inúteis.

Balancei os braços, tentando pegar a mangueira com a visão limitada. Perdi o equilíbrio, tropecei e caí na ilha de concreto.

Depois do que pareceu uma eternidade, a bomba subitamente desligou. Tirei os óculos escuros e limpei o combustível da testa com as costas da mão.

O atendente parou ao lado da bomba, com o bico da mangueira em uma das mãos e meu dispositivo de bloqueio do bico na outra. — Não toque em nada. Vou abastecer para você.

Resmunguei um agradecimento ao me levantar. Eu estava encharcada e estremeci, apesar do calor do verão.

— É muita gasolina. Cinco galões jogados no lixo. — Tia Pearl estalou os dedos. — Desse jeito.

Tia Pearl era meio piromaníaca e falar em desperdício de gasolina era uma piada.

— Você poderia ter me ajudado. — Balancei lentamente a cabeça enquanto olhava para o vestido arruinado. Não havia palavras para descrever o desespero que eu sentia naquele momento. Tudo que eu fazia parecia me deixar um pouco mais perto da ruína financeira.

— Você precisa se ajudar, Cen. Tem o que é necessário, mas não aplica em si mesma. De uma forma ou de outra, você terá que fazer as pazes com seus talentos sobrenaturais. — Tia Pearl bateu de leve nas minhas costas. — Você tem uma opção.

— Não vou trapacear. — Virei-me para o atendente, mas ele voltara para o trailer, longe do alcance da audição. — Não quero nenhuma vantagem injusta, só isso.

— Feitiçaria não é trapaça quando você é uma bruxa. Pare de fingir que é alguém que não é.

Eu já estava de mau humor. A última coisa de que eu precisava era uma discussão com minha tia. — Só quero ser como todos os outros.

— Bem, você não é, então é melhor se acostumar com isso — retrucou tia Pearl. — Por que está perdendo seu tempo com um emprego normal? Qualquer pessoa com os seus talentos deveria estar

fazendo bom uso deles. Em vez disso, você simplesmente os desperdiça.

— Quero ganhar a vida de forma honesta. — As palavras saíram da minha boca antes que eu conseguisse impedir.

— Ser uma bruxa é desonesto, por acaso? — A raiva de tia Pearl transpareceu na voz.

Ela não gostara do fato de eu não ter continuado com as lições de magia na Escola de Encantamento de Pearl. Eu queria, mas outras coisas pareciam ficar no caminho. E não parecia certo usar talentos especiais que as pessoas comuns não tinham. Eu não fizera nada para merecê-los. Só dera a sorte de nascer na família de bruxas West.

— Estou atrasada para a entrevista. Não pode simplesmente reverter tudo e colocar um pouco de gasolina no meu carro? — Tia Pearl era uma bruxa extremamente talentosa e isso não exigiria esforço nenhum dela.

— Poderia. Mas por que deveria fazer isso?

— Tia Pearl, por favor. Fico lhe devendo essa. — Eu precisava muito daquele emprego.

Ela balançou a cabeça. — Vocês jovens de hoje acham que podem tudo. Nada que vale a pena é fácil, Cen.

— Mas é tão fácil — protestei. — Para você.

— Poderia ser para você também. A prática faz a perfeição, Cendrine. Você só precisa se dedicar. Por que é tão difícil?

O atendente terminou de abastecer meu carro e estendeu a mão para receber o pagamento. Olhei para a bomba, coloquei o braço pela janela do passageiro do carro e peguei a carteira da bolsa, que estava sobre o banco. Tirei a última nota de vinte dólares e joguei a carteira de volta dentro do carro. Entreguei o dinheiro a ele, irritada porque a maior parte do combustível que acabara de pagar estava em uma poça no chão. Pouquíssimo combustível conseguira chegar ao tanque.

— Ahm, Cen, este é Wilt Chamberlain.

Acenei com a cabeça para o rapaz magro, que era cheio de sardas e não se parecia em nada com o famoso jogador de basquete de anos antes. Ele era mais velho do que eu imaginara inicialmente, provavelmente vinte e poucos anos. A pele dele era tão pálida que parecia azulada, exceto por uma marca de nascença em formato de diamante na testa. Ela tinha cor de ferrugem e ficava bem no meio da testa, como um alvo.

— Na próxima vez, peça ajuda. — Wilt colocou o bico da mangueira no suporte. — Agora, tenho que fechar a bomba e limpar esta bagunça.

— Não há tempo para limpar. — Tia Pearl acenou para o trailer. — Temos que pegar a estrada.

— Hein? — Franzi a testa, perguntando-me o que minha tia estava aprontando daquela vez.

Tia Pearl acenou com a mão. — Esqueça a entrevista, Cen. Tenho um emprego para você.

Balancei a cabeça negativamente. — Não vou trabalhar na Escola de Encantamento de Pearl.

Ela abriu um sorriso largo. — Não é o que eu tinha em mente. Tenho uma missão para você. É camuflada.

Balancei a cabeça negativamente. — Não estou interessada.

Observamos Wilt voltar para dentro do posto. Ele tirou um chaveiro enorme do bolso e trancou a porta.

— Ei! Você ainda não me deu o troco! — Olhei para a bomba. De acordo com ela, a conta era menos de dez dólares, incluindo toda a gasolina que eu derramara. O que acabara dentro do tanque não era suficiente nem para sair da cidade, muito menos para chegar a Shady Creek.

— Wilt!

Ele me ignorou propositadamente.

Peguei o bico da mangueira e balancei-o no ar como se fosse uma arma.

Ele não mordeu a isca. — Desculpe, estamos fechados.

Coloquei o bico da mangueira na portinhola do tanque de gasolina. Liguei a bomba, desta vez sem o acessório. Não adiantou. Wilt desligara a bomba ou ela estava realmente sem gasolina.

Xinguei baixinho ao me virar para tia Pearl, que sorria. — Por que não me ajuda? — Meus olhos se voltaram para a lata vermelha de gasolina que ela tinha na mão.

— Esqueça a gasolina. Ganhei na loteria, Cen. Estou rica. Posso comprar praticamente qualquer coisa. Incluindo gasolina ilimitada. — Ela balançou a lata para a frente e para trás em um arco.

Acenei na direção do trailer. — Você precisará disso com aquele tanque. Onde o conseguiu?

Tia Pearl parecia quase saltitante, o que imaginei que seria como qualquer ganhador da loteria se sentiria. Exceto que eu duvidava da história dela. Minha tia gostava de receber atenção e supus que a história da loteria fosse uma grande mentira, suplementada com elementos mágicos, como o trailer brilhante e até mesmo o combustível.

O combustível.

A lata de cinco galões de combustível de tia Pearl fez um barulho de líquido, o que significava que havia gasolina dentro dela. Cinco galões fariam com que eu chegasse a Shady Creek e à minha entrevista de emprego. Problema resolvido.

— Tia Pearl! Essa lata está cheia de gasolina? Preciso de um favor.

— Você é uma bruxa, Cendrine. Crie sua própria gasolina.

— Agora não, tia Pearl. — Era a versão de amor duro de tia Pearl. Ela ficava extremamente incomodada por eu negligenciar as lições de feitiçaria.

— Ah, eu me esqueci. Você não sabe. — Tia Pearl estendeu o lábio inferior em uma careta fingida.

O que eu mais queria era provar que ela estava errada. Mas nem mesmo nisso eu era boa. Só o que eu tinha a mostrar era um negócio falido, alguns trocados e muito azar. Tudo que eu fazia parecia dar errado. Minha vida era realmente um fracasso e eu não tinha ideia de como melhorá-la.

CAPÍTULO 2

Olhei friamente para tia Pearl. Só porque os talentos sobrenaturais da família West eram um segredo mal guardado em Westwick Corners, não significava que podíamos exibi-los abertamente. Por gerações, tivemos uma política de "não pergunte, não fale". Considerando que Wilt era novo na cidade, ele provavelmente não sabia nada sobre nossa feitiçaria. Até tia Pearl aparecer, obviamente.

— Pare de se preocupar com coisas triviais e entre logo. Vou levá-la até sua entrevista. — Tia Pearl abriu um sorriso doce que eu sabia ser falso.

Wilt fez uma careta, obviamente desapontado com a ideia de eu pegar uma carona.

Eu estava com medo de perguntar, mas perguntei mesmo assim. — Por que você precisa de um trailer? — Eu também queria perguntar à minha tia por que ela precisava que Wilt a acompanhasse, mas pareceria grosseria perguntar com ele parado ao lado dela.

Tia Pearl revirou os olhos. — Não preciso dele, Cen. Eu o quero. É meu próprio hotel sobre rodas. O Palácio de Pearl, é como eu o chamo.

Ela obviamente o conjurara, mas eu não poderia confrontá-la na frente do frentista. O fato de a família West ser de bruxas não era um segredo muito bem guardado em Westwick Corners.

Como tia Pearl estava sempre exibindo sua magia, perguntei a mim mesma o quanto aquele garoto vira. O trailer novo imenso não combinava muito com o lugar e provavelmente custara mais do que eu ganhava em dois anos. Se fosse real, o que, obviamente, não era. Como a carruagem de Cinderela, ele desapareceria em uma nuvem de fumaça depois de algum tempo. Para os passageiros, ele representava algo parecido com uma bomba-relógio.

— Vou levar você — disse ela. — Shady Creek fica no caminho para Vegas. Não será um problema.

Contra todos os meus instintos, concordei.

Tia Pearl abriu a porta do trailer e acenou para que eu entrasse. — Entre. Tenho que pegar outro passageiro. Depois, iremos para Shady Creek e deixaremos você lá.

Eu não conseguia imaginar alguém que quisesse acompanhar tia Pearl em férias em Las Vegas. Nenhuma das poucas amigas dela morava ali perto. Não era da minha conta, disse eu a mim mesma. Era melhor não saber algumas coisas.

Sentei-me no recanto da cozinha e espalhei o vestido molhado para ajudá-lo a secar mais depressa. Achei estranho minha tia não ter usado o argumento comum de que eu deveria usar minha magia para chegar à entrevista. Ela criticara minha falta de prática, mas fora bem rápida ao me oferecer uma carona.

Tia Pearl se sentou no banco do passageiro e virou-se. Ela acenou para o banco do motorista, ocupado pelo frentista do posto de combustível. — Contratei Wilt como meu motorista.

Eu me esquecera de que tia Pearl não dirigia. — E o seu amigo?

Ela fez um gesto de desprezo. — É um longo caminho em algo tão grande assim. Além do mais, sou rica. Posso pagar um motorista.

Ainda assim, parecia estranho levar Wilt conosco. Era melhor não questionar demais tia Pearl porque ela ficava irritada facilmente.

Voltei os pensamentos para a entrevista. Eu precisava, de alguma forma, voltar de Shady Creek, mas deixaria para me preocupar com isso mais tarde.

Havia algo pior do que uma bruxa azarada. Exceto talvez uma bruxa que tivesse sorte demais. Ao colocar as duas juntas, qualquer coisa poderia acontecer.

CAPÍTULO 3

— Coloque o cinto de segurança. — Tia Pearl colocou o dela e gritou: — Vegas, *baby*!

Wilt acelerou e saímos do estacionamento do posto de combustível. — Ei! Eu nunca disse...

Minha tia se virou no banco. — Relaxe, Cen. Levaremos você à sua entrevista.

Agarrei-me na mesinha da cozinha quando Wilt fez uma curva fechada para entrar na rua. Talvez eu tivesse o desejo de morrer ou algo parecido. Não conseguia pensar em outro motivo para estar em um veículo com um motorista louco e uma bruxa voluntariosa como acompanhante.

— Estamos indo para o lado errado! — Wilt e tia Pearl me ignoraram ou não me ouviram. Além do fato de não estarmos indo para Shady Creek, a forma como Wilt dirigia me fazia temer pela minha vida.

Mas lá estava eu, parecendo impotente para fazer algo por mim mesma. Wilt chegou ao fim da cidade e entrou na estrada sinuosa para o Westwick Corners Inn.

— Por que estamos indo para casa? — A mansão da minha família fora transformada em um hotel que funcionava principalmente nos fins de semana. Também morávamos na propriedade, portanto, eu estava de volta ao ponto de partida. Exceto que, desta vez, não tinha meu carro.

Chegar à entrevista a tempo parecia cada vez menos provável. Procurei minha bolsa e percebi que a deixara no banco do passageiro do meu carro.

Mamãe acenou quando o trailer entrou no caminho circular. Ela entrou no veículo, arrastando uma mala grande, ficando sem fôlego. Em seguida, ela se jogou pesadamente em um banco à frente do recanto da cozinha. — Aquela mala estava pesada.

— Mamãe? O que está acontecendo? Você não pode sair do hotel. Alguns hóspedes chegarão em breve. — O hotel não funcionava sem mamãe. Ela era *chef*, gerente e recepcionista. Tia Pearl era oficialmente a governanta, mas era impossível contar com ela. Eu normalmente agia como substituta de tia Pearl, pois ela definira o próprio horário imprevisível e não respondia a ninguém. Ela era bruxa em primeiro lugar, com o trabalho no hotel em um segundo lugar bem distante.

Eu, por outro lado, parecia estar lutando com dois empregos e pouco dinheiro. Trabalhar para mim mesma ou para a família não me mantinha acima da superfície, fosse financeiramente ou de outra forma. Se eu quisesse um futuro, teria que reconsiderar as opções. O *The Shady Creek Tattler* não era exatamente algo corporativo, mas, pelo menos, era um degrau acima de qualquer coisa na minúscula Westwick Corners.

Tia Pearl interrompeu. — Temos negócios de família urgentes para cuidar, Cen. Não temos o dia inteiro, portanto, acabe com as perguntas e deixe Ruby recuperar o fôlego.

— Do que está falando? O hotel é o negócio da família.

— Explicarei mais tarde. — Tia Pearl mexeu os braços com impaciência. — Temos que ir antes que seja tarde demais.

— Explique agora. — Cruzei os braços.

— Lamento, mas nossa missão é confidencial. Tudo é com base na necessidade de saber e, no momento, você não precisa saber de nada. Eu lhe contarei quando chegar o momento certo. — Tia Pearl olhou para o relógio e virou-se para o banco do motorista. — Estamos atrasados. Pise fundo, Wilt.

A inércia me jogou para trás no banco quando o trailer acelerou.

— Está tudo bem, Cen. — Mamãe olhou incerta para tia Pearl. — Não teremos nenhum hóspede até sexta-feira e estou entediada. Uma viagem de carro me fará bem.

Franzi a testa. Mamãe era uma péssima mentirosa. Tia Pearl obviamente a convencera a ir. Eu não sabia o que era, mas devia ser algo bem sério para que mamãe abandonasse o hotel e saísse da cidade.

— Hmm? — A mala grande de mamãe me deixou ainda mais desconfiada sobre a súbita viagem de carro. Ela tivera tempo de fazer a mala e, portanto, a viagem provavelmente fora planejada com antecedência.

Mamãe me ignorou. Em vez disso, ela se segurou na mesinha enquanto o trailer descia a colina acentuada que saía de nossa propriedade e levava à estrada principal que deixava a cidade.

Mamãe parecia estressada, apesar de tentar não demonstrar. — É bom me sentar. Este trailer é maior do que eu imaginava.

— Onde você conseguiu o trailer, tia Pearl? — Todos pareciam estar por dentro dos planos dela, menos eu.

Nenhuma resposta.

— Tia Pearl?

Minha tia se virou e fez uma careta ao apertar o nariz com o polegar e o indicador. — Nossa, Cendrine, você está fedendo muito.

— Não mude de assunto. É a gasolina. Você ia me ajudar a limpar, lembra?

Tia Pearl me ignorou e abriu a janela do passageiro.

Mamãe assentiu. Ela estava sentada à minha frente no recanto da cozinha. — Ninguém contratará você fedendo a gasolina. É melhor mesmo reagendar a entrevista.

— Não vou reagendá-la. — Abri a janela, torcendo para que a brisa dissipasse o cheiro de gasolina. Seria apertado, mas eu ainda tinha uma chance de chegar na hora para a entrevista. Só precisava ficar em silêncio e cooperar até que me deixassem em Shady Creek.

Olhei em volta e notei uma garrafa de água pela metade dentro da pia.

Levantei-me para pegá-la e, por causa dos saltos altos, eu me desequilibrei enquanto o trailer descia a colina. O veículo parou abruptamente no sinal de pare no fim do caminho que saía de nossa propriedade.

Rapidamente, Wilt pisou no acelerador e fez a curva. Recuperei o equilíbrio e peguei a garrafa de água. Eu mal conseguira voltar para o meu assento quando o trailer derrapou no lado errado da estrada antes de voltar para a pista certa. Tirei a tampa da garrafa e derramei um pouco de água na parte da frente do meu vestido.

Mamãe ergueu as sobrancelhas. — É um pouco cedo para isso, não acha?

Franzi a testa, confusa pelo comentário, até reconhecer o cheiro. A garrafa continha vodca, não água.

Agora, eu fedia a álcool. Eu nunca passaria pela segurança e certamente não chegaria ao departamento de recursos humano. Eu violaria a política de drogas e álcool antes mesmo de fazer a entrevista.

Xinguei baixinho e virei-me para mamãe. — Não posso ir à entrevista deste jeito. Pode me dar uma ajuda especial? — Era nossa palavra de código para magia. Preparei-me para um sermão sobre negligenciar minhas lições de bruxaria. Mamãe normalmente era menos rígida que tia Pearl, apesar de as duas constantemente criticarem minha falta de disciplina. Eu tinha que admitir que tinha prioridades diferentes. No entanto, elas tinham razão sobre uma coisa: eu não conseguia lançar um feitiço sequer, mesmo que minha vida dependesse disso.

— Não entendo por que você acha que precisa sair de Westwick Corners. — Mamãe balançou a cabeça desapontada. — Você pode trabalhar em horário integral no hotel, se quiser. Não precisa de um emprego de repórter em outra cidade. Jornalismo não é sua praia, Cen, e não entendo por que sente tanta vergonha de sua herança. Poderia ter praticamente qualquer coisa se praticasse a bruxaria.

Permaneci em silêncio. Eu não tinha como explicar a duas bruxas bem desenvolvidas que queria uma coisa que a bruxaria não poderia me dar: ser uma mulher normal de vinte e poucos anos, com um emprego comum e uma família normal. Eu queria aceitação, algo que não era possível conseguir com um feitiço. Eu queria ser como todas as outras pessoas. — Só quero viver minha própria vida. Às vezes, a magia causa mais problemas do que vale a pena.

— Você tem tanto talento natural, Cen. — Mamãe suspirou. — Está reprimindo suas habilidades. Um dia, você acordará e perceberá que é tarde demais. Só não quero que você se arrependa.

Meus ombros caíram. Até mesmo mamãe estava do lado de tia Pearl. — Tia Pearl não ganhou na loteria, não é? — Eu tinha certeza de que era uma das mentiras inofensivas de minha tia. — Ela conjurou o prêmio.

Mamãe balançou a cabeça negativamente. — É real, Cen. Foi o próprio Wilt que vendeu o bilhete vencedor a ela no posto de combustível. É um dos motivos pelos quais ela o contratou como motorista.

Como se tivesse ouvido, tia Pearl se virou no banco. — Ele é meu amuleto da sorte.

Fui jogada para trás no banco quando Wilt pressionou o pedal do acelerador. — A loteria foi na noite passada. Ela não teve tempo de receber o dinheiro, muito menos de comprar o trailer.

— Você conhece Pearl. Ela trabalha depressa.

Era exatamente daquilo que eu tinha medo. Tia Pearl conseguia criar o caos em questão de minutos. Sentei-me de lado no banco e firmei o pé para não cair.

O trailer estremeceu ao ganhar velocidade e lutar contra o vento. Eu estava com medo, pois ainda nem tínhamos chegado à rodovia.

— Reduza a velocidade! — As juntas dos meus dedos ficaram brancas quando me segurei na mesinha.

Wilt ignorou meu pedido e entramos na rodovia.

Em questão de minutos, uma sirene da polícia soou atrás de nós. As luzes vermelhas e azuis se refletiram no espelho retrovisor enquanto Wilt parava no acostamento. Recostei-me no banco, aliviada por termos parado. A parada provavelmente nos salvara de uma carnificina na interestadual.

O rosto de mamãe ficou pálido como o de um fantasma. Ela abriu a janela e inclinou-se para fora. Parecia que ia vomitar.

Virei-me para dizer algo a Wilt, mas ele estava ocupado demais xingando e abrindo a janela para prestar atenção em mim.

Virei o pescoço e vi o SUV do delegado parado atrás do trailer, em um ângulo característico da polícia.

Que ótimo.

O delegado Tyler Gates era a última pessoa que eu queria ver naquele momento. Não porque eu não gostasse dele. Na verdade, eu gostava muito dele. Demais, na realidade. Eu desistira do meu casamento com outro homem por causa dele, só que ele não sabia disso. Eu não pretendia admitir, mas era a verdade.

— Lá vem ele de novo. Estou sendo perseguida. — Tia Pearl não gostava nem um pouco do delegado. Eu não tinha dúvidas de que minha tia bandida estava prestes a envergonhar todos nós.

Tyler e eu estávamos namorando em segredo havia alguns meses, encontrando-nos em Shady Creek para evitar fofocas e interferências de tia Pearl. Ela conseguira expulsar todos os outros delegados da cidade e perder Tyler era um risco que eu não queria correr.

Eu me encolhi no banco, torcendo para que Tyler não me visse ao se aproximar da janela do trailer.

Ele me viu imediatamente e sorriu. Sorri de volta e mamãe lhe deu um aceno rápido.

Tia Pearl resmungou algo no banco do passageiro.

— Olá, Pearl. — Tyler olhou para dentro pela janela do motorista. Ele parecia se defender bem de minha tia traiçoeira.

Tia Pearl resmungou algo baixinho. Suspeitei que ela tivesse mais coisas guardadas na manga do que apenas um bilhete de loteria conjurado e um trailer mágico.

Prendi a respiração, torcendo para que ela não começasse uma discussão.

O olhar de Tyler passou para mamãe e eu. Ele assentiu e sorriu. Por uma fração de segundo, considerei pedir uma carona para Tyler até Shady Creek, mas rapidamente mudei de ideia. Além de enfurecer tia Pearl, aquilo talvez revelasse nosso relacionamento secreto.

— Carteira de motorista e documento do veículo, por favor. —

Tyler Gates olhou para dentro do veículo enquanto esperava os documentos. — Estão saindo de férias?

— Estamos indo para Vegas — respondeu Pearl. — É contra a lei?

Tyler franziu a testa quando seu olhar encontrou o meu.

Balancei a cabeça negativamente. Ninguém iria para Vegas, muito menos eu. Mesmo se perdesse a entrevista, ainda iria ao nosso encontro. Tyler e eu jantaríamos em um novo restaurante francês em Shady Creek, longe dos olhares bisbilhoteiros de amigos e familiares. Até lá, eu não queria que ele chegasse perto o suficiente para ver ou cheirar meu vestido arruinado. Eu compraria outro vestido logo depois da entrevista.

Um traço de sorriso brincou nos lábios de Tyler quando ele se virou para tia Pearl. — Não, mas uma lanterna traseira quebrada é. Você terá que consertá-la.

— Estamos indo para a oficina agora mesmo, policial — disse Wilt. — A peça de que precisamos está em Shady Creek.

Relaxei ao ouvir a menção a Shady Creek. Ultimamente, meus horários pareciam sempre um pouco errados, como acontecera com a entrevista. Era como se o destino tivesse se intrometido ou algo assim. Talvez fosse algo bom, pois eu preferia não trabalhar no *Shady Creek Tattler*. Mas ainda precisava ganhar dinheiro.

Cheguei mais perto da janela para ventilar o cheiro de gasolina. Minhas roupas tinham secado rapidamente no calor do verão. Além do odor leve, não havia manchas visíveis do fiasco da gasolina. No fim das contas, talvez tudo desse certo.

O delegado nos deixou ir embora com uma advertência e Wilt prometeu consertar a lanterna o mais depressa possível.

Eu me concentrei novamente na rodovia ao passarmos pela placa que informava que tínhamos chegado aos limites da cidade de Shady Creek. Senti uma ponta de esperança ao olhar para o relógio. Não tínhamos ficado parados por tanto tempo quanto imaginei. Havia uma pequena chance de que eu conseguisse chegar à entrevista, graças ao excesso de velocidade de Wilt. O que, pela expressão de pânico de mamãe, a deixava muito assustada.

Parecia estranho mamãe estar no trailer, pois ela odiava viajar. Ela raramente ia a Shady Creek. Las Vegas poderia muito bem ser em outro planeta. Mamãe provavelmente só estava lá porque tia Pearl conseguiria ficar muito encrencada em Las Vegas.

Subitamente, o trailer balançou e derrapou sobre a linha central. A floresta ao longo da rodovia se tornou uma mancha verde, marrom e cor de asfalto.

Virei a cabeça ao acelerarmos pela rodovia e passarmos pela saída para Shady Creek. — Acabamos de perder nossa saída.

Wilt se virou no assento e o trailer foi para a pista oposta.

— Cuidado com a estrada! — Os nós dos dedos de mamãe ficaram brancos quando ela se agarrou na mesinha. — Você vai nos matar!

Gritei quando caí do banco para o chão, certa de que estávamos prestes a morrer em uma colisão frontal. Rolei no chão até bater no balcão da cozinha.

Da mesma forma súbita, o trailer mudou de curso e voltou para a pista. Levantei-me a tempo de ver que passamos muito perto de um semitrailer que vinha no sentido oposto. Estávamos no lado errado de uma estrada de quatro pistas. Wilt era ainda menos qualificado como motorista do que como frentista. A viagem se encaminhava rapidamente para um desastre.

Voltei sem fôlego para o meu assento no recanto da cozinha. Procurei meu celular, mas não o encontrei. Xinguei quando percebi que meu celular e o número do telefone do *Shady Creek Tattler* ainda estavam na minha bolsa, no banco do meu carro. Eu já estava cinco minutos atrasada para a entrevista e estávamos indo no sentido oposto.

Eu perdera minha chance. Era improvável que o jornal contratasse uma repórter que não aparecia nas entrevistas nem tinha a educação de telefonar para avisar.

Eu nem poderia telefonar para Tyler. Talvez nem mesmo conseguisse comparecer ao nosso encontro. O que ele pensaria de mim?

Tia Pearl se virou no banco. — Cen, pare quieta. Você não precisa daquele emprego. Na verdade, você nunca mais terá que trabalhar um dia na vida. Vou cuidar de você. Ganhei na loteria, lembra?

— Quanto exatamente você ganhou?

Minha tia dispensou a pergunta com um aceno da mão. — Só o que precisa saber é que pago muito bem. Você terá que passar no teste, é claro.

Suspirei. Era mais uma desculpa para que tia Pearl me desse ordens. A loteria era só mais uma das histórias dela. Eu não acreditei por um minuto na história ridícula dela e a última coisa que queria era ser controlada pela minha tia maluca. — Por que o trailer? Você sabe que as regras da WICCA proíbem magia sem uma boa justificativa.

A WICCA, a associação internacional de bruxas, tinha regras rigorosas sobre o uso frívolo da magia. Cada feitiço precisava de uma finalidade e o uso indiscriminado de magia estava sujeito a uma multa pesada. Tia Pearl sempre se desviara das regras com abandono irresponsável e sempre saíra ilesa.

Também era contra as regras falar abertamente sobre bruxaria, mas, àquelas alturas, eu estava muito irritada. Não me importei se Wilt me ouviria ou não.

— Não estou violando nenhuma regra — retrucou tia Pearl. — Se você praticasse mais suas habilidades, saberia que há caminhos alternativos.

— Não vamos brigar. — Mamãe se virou para mim. — Você está muito estressada, Cen. Precisa muito destas férias.

Tia Pearl, pelo jeito, enfeitiçara minha mãe neurótica, transformando-a em um zumbi relaxado. Estávamos sendo sequestradas, mesmo que não soubéssemos disso. A única coisa que me confortava era saber que o trailer não fora roubado. O delegado Tyler Gates teria verificado a placa quando nos mandou parar.

Passamos pela placa da saída seguinte muito depressa e tive a sensação de que não teria mais volta. Virei-me para mamãe. — Você está deixando que ela me sequestre? — Além de perder a saída, estávamos ganhando velocidade de forma alarmante. Meu coração bateu mais depressa quando o trailer estremeceu novamente contra a força do vento. Apertei o cinto de segurança.

— Ora, Cen, você sabe que Pearl não viola leis de forma intencional. — As palavras de mamãe não combinavam em nada com a linguagem corporal dela. Seu rosto estava totalmente sem cor enquanto ela se segurava na beira da mesa. Mamãe estava escondendo alguma coisa. — Só quando é absolutamente necessário.

— Nunca é necessário — protestei. Tia Pearl tinha a tendência de agir primeiro e pensar depois. Eu só queria que ela obedecesse mais às leis e fosse menos encrenqueira. Mas ela já tivera uma grande quantidade de confrontos com o delegado Tyler Gates e a polícia fora de Westwick Corners não perdoava com tanta facilidade.

— Não importa qual é o motivo. Dê meia volta nesta coisa e leve-me de volta.

— Nem pensar, garota. — Tia Pearl soltou um grito e agitou o punho fechado no ar. — Uhu! Vegas, querida, aqui vamos nós!

— Deixe-me sair, vou pedir carona de volta.

— Você não vai pedir carona. — Mamãe balançou o dedo. — Sabe como isso é perigoso? Não vou deixar que faça isso.

— Não. — Tia Pearl se levantou do banco do passageiro e juntou-se a nós na mesa da cozinha. — Você terá que ir conosco e comemorar.

— Não estou entendendo. Se você realmente ganhou milhões na loteria, por que se arriscar a perder tudo? — Eu nunca entendera por que pessoas que ganhavam na loteria continuavam a jogar. Eu pararia de jogar e simplesmente ficaria feliz com minha sorte. No entanto, eu não era uma pessoa sortuda e a chance de que isso acontecesse era minúscula.

— É uma onda de adrenalina. — Mamãe acenou na direção de tia Pearl. — Ela não consegue evitar.

Olhei para Wilt no banco do motorista que, pela primeira vez, estava concentrado na estrada e não em nossa conversa. — Você é uma bruxa. Pode conjurar praticamente tudo com um feitiço.

— Este veículo para Vegas não é magia, Cen. É um teste de rodagem da Shady Creek Motors.

— Duvido que esperavam que você o levasse em uma viagem de dezessete horas.

Tia Pearl deu de ombros. — Eles me disseram que eu poderia ficar com o veículo pelo tempo que quisesse. Estou me sentindo com sorte e quero ir para a Cidade do Pecado.

— O jogo nunca compensa.

— Talvez não para você, Cen — retrucou tia Pearl. — Por que você é sempre tão negativa?

— Só estou sendo prática sobre...

Tia Pearl revirou os olhos. — Ok, vamos comemorar o fato de eu ter ganhado na loteria, mas não é o motivo real da viagem.

— É uma celebração da vida — acrescentou mamãe.

— Morreu alguém? Não conhecemos ninguém em Vegas.

Tia Pearl ignorou minha pergunta. — Iremos ao funeral, talvez a alguns shows e faremos compras. Uma noite de garotas.

— Levaremos a noite inteira para chegar lá. Vegas está a dezoito horas de distância.

— Os planos precisam ser mudados, às vezes — disse tia Pearl. — Você é tão inflexível que chega a ser ridículo.

— Mas eu já fiz planos. Você não pode simplesmente mudá-los sem me consultar. — Eu estava dentro de uma prisão de aço e fibra de vidro, percorrendo a estrada, sem ter saída.

— Desculpe, Cen, mas você é necessária no funeral. — Mamãe bateu de leve na minha mão. — É uma comemoração que você não pode perder.

CAPÍTULO 4

*E*u estava com uma dor de cabeça muito forte por causa do cheiro de gasolina e álcool que ainda subia do meu vestido. Apesar de o vestido ter secado, o cheiro ficara ainda mais concentrado. Ele parecia permear cada recanto do trailer à medida que os quilômetros passavam, provavelmente porque tia Pearl se recusara a ligar o ar-condicionado, deixando o ar quente.

Limpei o suor da testa enquanto tentava entender o funeral misterioso e a estranha mudança nos eventos. — Quem morreu e o que eu tenho a ver com isso?

— Explicaremos tudo cedo ou tarde. Mas, no momento, temos um trabalho a fazer. — Mamãe me estudou atentamente. — Precisamos de sua ajuda, Cen. Lembra-se da sra. Racatelli?

— A esposa da máfia?

— Não a chame assim. Carla tinha vida própria. Além do mais, não há provas vinculando Tommy à máfia. Ele só viajava muito e tinha horários estranhos.

— Ora, vamos, mamãe. Ele foi para a cadeia por formação de quadrilha. De que tipo de provas você precisa? — Tommy "Dedos Cintilantes" Racatelli também simpatizava com muitos dos mafiosos mais poderosos. — Espere um minuto... Carla Racatelli não se mudou para Las Vegas?— Eu mal conhecia Carla, mas fora colega de colégio do neto dela, Rocco. Carla e Rocco tinham deixado a cidade de forma bastante súbita depois da morte de Tommy, sem explicação alguma.

Mamãe assentiu e limpou uma lágrima do olho. — Ela morreu há poucos dias e fomos convocadas.

— Convocadas por quem? — Poucas pessoas tinham o poder de convocar a família West. Nem mesmo mafiosos tinham. A família West descendia de uma linhagem ininterrupta de bruxas poderosas. No mundo sobrenatural, tínhamos um certo status. Exceto eu, obviamente. Apesar de o nome West me dar um certo status, minhas habilidades de bruxa eram muito pobres. Eu era um fracasso em tudo o que dizia respeito à bruxaria e ao sobrenatural. Talentos especiais levavam a todo tipo de coisas imprevisíveis e eu queria uma vida normal, o tipo de existência despreocupada que todos pareciam ter, menos eu.

Tia Pearl era outra história. Os poderes dela eram lendários e ela não respondia a ninguém. Ela era tudo menos normal, inclusive no mundo das bruxas. Poucos conseguiam convocá-la e ainda menos tinham a cooperação e o respeito dela.

— Carla nos chamou. — Tia Pearl olhou para a estrada à frente para que eu não conseguisse ler sua expressão. Era muito difícil que ela chorasse, mas achei tê-la ouvido fungar.

— Mas ela está morta agora. Não vejo como...

— Há muito que você não vê, Cendrine — interrompeu tia Pearl. — Pare de discutir tanto.

— Mas não posso simplesmente largar tudo e ir — protestei.

— Você não tem opção. Todas nós precisamos ir.

— Mas se a sra. Racatelli já está morta, não é tarde demais? — Carla Racatelli fora a melhor amiga de tia Pearl até sua partida abrupta de Westwick Corners. Tia Pearl não dissera uma palavra sobre ela desde então, mas agora estava com os olhos cheios de lágrimas e determinada a ir ao funeral de Carla. Era estranho, para dizer o mínimo.

— Nunca é tarde demais para consertar um erro. Precisamos acabar com a maldição dos Racatelli. — Mamãe tirou um lenço da bolsa e limpou uma lágrima do olho. — Há coisas que você não entende, Cen.

— Então explique. — Eu estava cada vez mais frustrada e cética de que obteria a verdade. Estava perfeitamente ciente da lacuna de gerações, mas eu tinha vinte e quatro anos, era adulta o suficiente para merecer uma explicação decente. Maldições recebiam crédito demais. Aquilo não seria bem aceito pela minha família de bruxas, mas eu sinceramente acreditava que havia razões lógicas para que as coisas tivessem saído erradas.

Mamãe balançou a cabeça negativamente. — Agora não, Cen. Você descobrirá em breve.

— Você é pior do que tia Pearl. Se estou sendo sequestrada, mereço saber o motivo.

— Vamos ao funeral de Carla e cuidaremos de alguns outros negócios ao mesmo tempo. É só o que posso dizer no momento. Estamos operando com base na necessidade de saber. — Mamãe olhou para tia Pearl, novamente sentada no banco do passageiro, e abaixou a voz. — Eu lhe contarei mais no momento certo. Haverá algumas pessoas muito interessantes no funeral.

— Se isso deveria aumentar meu interesse, não deu certo. — Eu me ressenti do tom condescendente de mamãe e de ela ter ficado do lado de tia Pearl.

— Haverá mafiosos, Cen. Caras durões que não são páreo para a magia. — Ela sorriu.

— Misturarmo-nos com criminosos é uma ideia péssima, mamãe. Estou surpresa por estar concordando com tia Pearl. — Mamãe era muito cuidadosa e não gostava de exibir seus poderes.

— Faremos uma boa ação. Alguém precisa de nossa ajuda.

— Não vejo por que sou necessária. Você sabe que não consigo lançar um feitiço, nem que minha vida dependa disso. — Tia Pearl convencera mamãe de que seus talentos sobrenaturais eram necessários, mas eu não conseguia entender onde me encaixava.

Eu não tinha vontade de salvar o mundo. Nem conseguiria, mesmo se tentasse. Eu era uma bruxa apenas no nome. Só sabia alguns feitiços, mas nada que fosse útil contra uma maldição. Meu único talento era ficar de olho em tia Pearl e tirá-la das encrencas em que se metia.

— Será uma boa lição para você. Pense nisso como trabalho de campo.

— Ainda não estou pronta para isso. Misturar-me com mafiosos parece um pouco perigoso. — Eu jurara nunca mais voltar à Escola de Encantamento de Pearl para retomar as aulas. Eu só ainda não tivera coragem de contar isso à minha família. No que me dizia respeito, eu estava apenas afastada durante um semestre das Pérolas de Sabedoria de Pearl.

Mamãe me deu um sorriso e continuou a me ignorar.

Suspirei. — Tia Pearl fez lavagem cerebral em você, não percebe? — Eu não estava conseguindo atingi-la. — Além do mais, já tenho planos para hoje à noite.

Tia Pearl se virou no banco. — Vamos entender bem nossas prioridades, garota. Precisamos chegar a Rocco antes dos inimigos dele.

— Rocco? — Eu quase me esquecera do neto de Carla Racatelli que, na minha idade, era velho o suficiente para entrar para o negócio da família Racatelli. Era de conhecimento comum que o negócio de importação e exportação era uma fachada para as atividades comerciais escusas deles.

— Sim, Rocco. — Mamãe bateu de leve na minha mão. — Ele precisa desesperadamente de nossa ajuda.

— Não. — Meu encontro com Tyler parecia mais improvável a cada minuto e agora eu teria que mentir para ele. Não poderia admitir que era uma bruxa em uma missão e certamente não poderia lhe dizer que estava ajudando um mafioso. A raiva se acumulou dentro de mim.

— Ora, Cen... — começou mamãe.

— Vocês certamente não precisam de mim.

— É claro que preciso — disse tia Pearl. — Você é meu músculo.

— Mas só tenho poucos quilos a mais que você. — Tia Pearl pesava cerca de quarenta quilos, mas eu tinha alguns centímetros a mais de altura, o que nos deixava com compleição semelhante.

Tia Pearl fez um som de desprezo. — Olhe bem para você. Tem pelo menos uns dez quilos a mais que eu, talvez mais.

— Isso não me transforma em uma guarda-costas. — Eu ia à academia às vezes e estava em forma razoável, mas não era ameaça nenhuma para mafiosos. Xinguei baixinho. — Isto está cada vez mais ridículo. Exijo que pare e deixe-me sair.

— Nem pensar. — Tia Pearl sorriu. — Não consegue pensar em ninguém além de si mesma para variar?

— Mamãe? — Mamãe normalmente conseguia fazer com que tia Pearl fosse sensata, mas passara por uma lavagem cerebral. O funeral fora a carta na manga.

Mamãe desviou os olhos. A irmã mais velha a coagira, colocara um feitiço nela ou ambos. De qualquer forma, mamãe estava totalmente comprometida.

Virei-me para mamãe. — Tem certeza de que não há hóspedes prestes a chegar? — Os negócios não estavam exatamente ótimos, mas sempre havia pelo menos um ou dois quartos reservados nos fins de semana. Não podíamos deixar passar nenhuma receita.

— Esta é a melhor parte, Cen. Passaremos alguns dias em Vegas e voltaremos na sexta-feira, a tempo para a chegada dos hóspedes. — Mamãe sorriu e reclinou-se na cadeira giratória. — Relaxe e aproveite a viagem.

Mamãe era uma pessoa perpetuamente ansiosa, mas, no momento, parecia tão relaxada que suspeitei que estivesse drogada ou algo pior. Virei-me para tia Pearl. — Você colocou um feitiço nela. Tire-o.

— Relaxe, Cen. Ruby trabalha demais e chegou a hora de tirar umas férias. E Las Vegas é o lugar perfeito. Qual é o problema em ajudá-la a relaxar? Acalme-se.

— Não. — Rangi os dentes, determinada a não ceder.

Fui recebida com silêncio.

— Pelo menos, deixe-me usar seu telefone para ligar para o *The Shady Creek Tattler* e explicar. Não posso simplesmente ignorar uma entrevista de emprego.

— Você não precisa. Já telefonei e cancelei para você. — Tia Pearl sorriu.

— Você o quê? — Senti o rosto quente dentro do trailer abafado.

— Fiz um favor a você. Encare a realidade, Cen. Você não é a melhor jornalista por aí.

As palavras de tia Pearl me magoaram, apesar de ela provavelmente estar certa. E, pior de tudo, eu não poderia usar o telefone dela para falar com Tyler, caso contrário, ela descobriria sobre nosso relacionamento secreto.

— Pela última vez, você vem conosco. — Tia Pearl tirou o bilhete amassado do bolso e balançou-o à minha frente. — Meu bilhete vencedor é o motivo pelo qual poderemos demonstrar nosso respeito para com a pobre Carla. Nenhuma magia envolvida. Ganhei o dinheiro de forma justa na loteria estadual. Com ele, teremos alguns dias de férias agradáveis.

Revirei os olhos. — Você não deveria ter recebido o dinheiro primeiro?

Minha tia me dispensou com um movimento da mão. — Haverá tempo suficiente para isso mais tarde. Eu o resgatarei quando voltarmos para casa.

Encontrei o olhar de Wilt no espelho retrovisor. Até mesmo ele pareceu duvidar daquilo.

Virei-me no assento. Pela primeira vez, dei uma boa olhada no interior do trailer. A decoração era nova em folha e de bom gosto. Ele devia valer mais de cem mil dólares, mas eu tinha certeza de que a história da loteria de tia Pearl era mentira. Estendi a mão e bati de leve no ombro dela. — E se você viu os números errados?

Silêncio. O ouvido seletivo de tia Pearl de novo.

— Você também sequestrou Wilt? E o emprego dele no posto de combustível?

— Ele trabalha para mim agora. — Tia Pearl se virou e olhou para fora pela janela.

— Wilt, pare o veículo e deixe-me sair. — Eu não praticara minha bruxaria o suficiente para dominar um feitiço de teletransporte, mas poderia pedir carona. — Vou conseguir uma carona de volta para casa.

Aquilo chamou a atenção de mamãe, mesmo com o feitiço de tia Pearl. — Eu já lhe disse antes, você não vai fazer nada disso. Pearl, você disse que Cen tinha concordado em vir.

Tia Pearl jogou as mãos para o alto, quase tirando a mão de Wilt do volante. — Pela última vez, não vamos parar e você não vai pedir carona. Vamos todos para Las Vegas para a celebração da vida de Carla Racatelli. — Tia Pearl fez uma pausa e acrescentou depressa: — Depois disso, considerarei seu pedido.

Os minutos seguintes foram um borrão quando o trailer saiu do asfalto e derrapou no acostamento.

CAPÍTULO 5

O asfalto queimou meu rosto quando recuperei a consciência. Tudo o que eu via era cinza. Meus olhos gradualmente focalizaram o concreto e percebi que eu caíra a poucos centímetros de um bloco de cimento que dividia a rodovia.

Eu fora jogada para fora do trailer.

Permaneci imóvel por alguns segundos, ainda atordoada. Por sorte, eu não sofrera nenhuma fratura, apenas muitos arranhões doloridos. Eu me sentei, alarmada ao me ver no meio de uma rodovia de quatro pistas. Uma caminhonete passou depressa e quase me atingiu enquanto eu rastejava para o acostamento.

— O que aconteceu? — O trailer estava caído de lado, com parte dentro de uma vala no lado oposto da rodovia. O lado virado para mim estava amassado como se o veículo tivesse capotado várias vezes.

Ninguém respondeu.

— Mamãe? Tia Pearl? — Meu coração bateu com mais força enquanto procurei algum sinal delas ou de Wilt na estrada. Vi mamãe e tia Pearl abaixadas sobre Wilt, que estava inconsciente, a cerca de cinquenta metros à frente do trailer. O alívio me invadiu e fiquei de pé. Meu corpo inteiro doía. Avaliei meus ferimentos enquanto mancava até eles.

— É um desastre depois do outro — resmunguei para mim mesma. Vi um movimento pelo canto do olho. Inicialmente, achei que o trailer estava movendo-se, mas não estava. Ele lentamente ficava transparente. Prova definitiva de que o trailer era mais uma bruxaria conjurada por tia Pearl.

O bilhete de loteria dela também devia ser falso. A única coisa de que eu tinha certeza era o funeral de Carla Racatelli. Eu duvidava de que tia Pearl fosse mentir sobre a morte da melhor amiga. Só torci para que conseguíssemos chegar ao funeral inteiras.

Eu estava a poucos metros, perto o suficiente para ouvir mamãe e tia Pearl discutindo.

— Não seja boba, é fácil de consertar — disse tia Pearl. — O feitiço só não tinha duração suficiente.

— Você não deveria arriscar nossa vida desse jeito, Pearl. Não faça mais isso.

— Pare de ser uma desmancha-prazeres e divirta-se um pouco para variar. — O olhar de tia Pearl encontrou o meu. — Ah, ótimo, eu já estava me perguntando onde você estava.

Abri a boca para responder, mas mamãe balançou a cabeça para mim. — Ajude-me com Wilt.

Mamãe sacudiu os ombros de Wilt e os olhos dele se abriram lentamente. — O que aconteceu? Não me lembro de nada.

— Está tudo bem. Batemos em um veado.

Wilt esfregou os olhos e sentou-se. — Não me lembro disso. Nem de ter capotado o trailer.

— Você ainda está tonto. Logo se lembrará de tudo — disse mamãe.

Wilt se levantou rapidamente e olhou para a estrada. — Não estou vendo o veado.

— Ele fugiu. — Eu odiava dar cobertura para minha família, mas senti-me mal por Wilt. — Vamos telefonar para alguém para que reboquem o trailer. Depois, poderemos ir para casa.

Tia Pearl resmungou algo baixinho e o trailer rapidamente se solidificou. Os arranhões tinham desaparecido. — Não. Podemos continuar a viagem.

Wilt olhou para o trailer. — Mas eu pensei...

— Você bateu a cabeça e não está pensando com clareza — disse mamãe. — Nem enxergando direito.

— Ruby tem razão — comentou tia Pearl. — Eu dirijo por enquanto.

— Não vou entrar naquela coisa — protestei. — Não é seguro. — Com tia Pearl no volante, nosso destino era encrenca e não havia como voltar.

— Você precisa. Tudo depende de você, Cen.

— Por que eu? Isso não faz o menor sentido.

— Faz muito sentido, Cen. Você está prestes a encontrar o seu destino. — Tia Pearl passou o braço em volta de mim e abraçou-me.

Foi o primeiro abraço que eu me lembrava de ter recebido de minha tia durona em todos os meus vinte e quatro anos. Deveria ter sido algo bom, mas tinha um toque de desespero. Havia alguma coisa acontecendo e eu não sabia ao certo se gostava da situação.

* * *

Chegamos ao Hotel Babylon Las Vegas no começo da manhã, dezoito horas depois de sair de Westwick Corners. Dirigimos durante a noite, parando apenas para abastecer. Eu estava machucada por causa do acidente com o trailer e da forma maluca de dirigir de Wilt e de tia Pearl.

E meu vestido ainda fedia a gasolina.

— Cen, olhe só para este lugar! — Mamãe apontou para as colunas de mármore que contornavam o saguão e para o átrio de vários andares. — Este é o hotel cassino da família Racatelli.

— Eles são donos deste hotel? — A mudança na sorte deles não tinha nada a ver com o barraco de dois quartos alugado e o ferro-velho fracassado que tinham abandonado em Westwick Corners anos antes.

Eu sempre suspeitara que o ferro-velho era uma fachada para as atividades do submundo de Tommy Racatelli. A riqueza parecia provar que o hotel fora comprado com ganhos ilícitos. A não ser que, como tia Pearl, eles tivessem tido uma sorte incrivelmente grande.

De qualquer forma, a sorte parecia ter acabado, primeiro para Tommy e agora para Carla. Rocco provavelmente seria o próximo. Eu só esperava que ele não fosse parte da missão secreta em que estávamos. Ele sempre implicara comigo na escola e, quanto mais eu me lembrava do colega irritante, menos queria vê-lo de novo.

Estudei os arredores enquanto mamãe e tia Pearl faziam o *check-in*. O hotel opulento fora construído nos moldes de uma vila romana completa, com um pátio imenso cheio de fontes e jardins suspensos. Todos os andares tinham vista para o saguão do pátio. Sendo Las Vegas, o pátio não era a céu aberto. Trinta e dois andares acima dele havia uma cúpula de vidro que refratava a luz do sol. O cenário fora criado para manter as pessoas do lado de dentro, não do lado de fora.

Estremeci no saguão estéril com ar-condicionado ao passar por alguns hóspedes de olhos vermelhos.

Eu ainda não recebera detalhes adicionais sobre o motivo de estarmos lá. A única coisa que estava clara era que eu estava presa em Vegas, pelo menos temporariamente. Eu também estava com calor, com fome e exausta, além de precisar desesperadamente dormir um pouco. Eu pretendia telefonar imediatamente para Tyler assim que chegássemos ao quarto e pedir desculpas por faltar ao encontro. Depois, dormiria por algumas horas e descobriria como ir para casa, com ou sem mamãe e tia Pearl.

CAPÍTULO 6

E u não esperara exatamente uma banda de boas-vindas, mas as balas foram uma surpresa. Elas surgiram de todas as direções, ricocheteando nas colunas de mármore. Corri em direção à saída e colidi com dois homens, do dobro do meu tamanho, correndo no sentido oposto. Eles usavam camisa de golfe e bermudas. Pareciam turistas, exceto pelas armas que balançavam no ar. O menor deles xingou ao me empurrar para fora do caminho.

Meu sapato prendeu na beira do carpete e caí quando dois homens de terno se aproximaram do sentido oposto. Eles claramente estavam atrás dos outros homens e agiam como se fossem donos do lugar.

Meu coração bateu mais depressa quando os homens se aproximaram e o barulho de seus passos ecoou no piso de mármore. Congelei e debati entre duas opções igualmente ruins: ficar parada à plena vista ou mergulhar para me esconder.

Rastejei em direção a uma área de estar, escondendo-me sob uma mesinha de mogno.

As balas pararam tão subitamente quanto começaram.

Soltei um suspiro de alívio até notar que os dois homens vestidos casualmente estavam recarregando as armas. Os dois de terno pararam a poucos metros de mim, com as armas semiautomáticas

33

apontadas para os adversários. Um deles gritou um comando em um microfone e, alguns segundos depois, as portas do hotel foram trancadas.

— Ei, deixem-me sair! — Um homem grisalho, vestindo calça *jeans* e uma camiseta, sacudiu a maçaneta sem sucesso. A porta não se moveu. Ele olhou para os homens com uma expressão de pânico e escondeu-se atrás de uma fileira de palmeiras plantadas em vasos grandes.

As pessoas gritaram.

Uma das palmeiras tombou, batendo no mármore.

Estávamos presos em um tiroteio. Duvidei que o cessar fogo fosse temporário, mas não tinha ideia do que fazer a seguir. O pânico me envolveu enquanto eu considerava as opções. Eu estava protegida pela mesinha, mas meu esconderijo ficava bem no meio do saguão. Eu estava paralisada de medo. Qualquer movimento me colocaria na linha de fogo.

Os homens se encararam a poucos metros do meu esconderijo sob a mesinha de mogno. Eles ficaram em silêncio por alguns segundos, avaliando uns aos outros. Um dos homens de terno sussurrou algo em italiano que não consegui entender.

Alguém xingou e o caos se instalou. Um tiro foi disparado. Eu não conseguia ver muito de onde estava, mas, segundos depois, o menor dos homens de camisa de golfe deixou a arma cair. Ele cambaleou à frente enquanto uma mancha vermelha se espalhava na altura da cintura.

O parceiro dele segurou o homem ferido com um braço e arrastou-o em direção à saída. Congelei, incapaz de me mexer. Eu era testemunha e um alvo fácil. Mamãe e tia Pearl não estavam à vista.

Os dois homens de terno o seguiram, mas mantendo uma distância de alguns metros dos adversários vestidos casualmente. Eles não fizeram nenhuma outra tentativa de atirar. Se as balas eram uma dica para que fossem embora, foi bem convincente.

A porta controlada remotamente se abriu e os homens perseguidos saíram.

Quando os homens foram embora, os dois de terno se viraram e andaram lentamente pelo saguão. Eles falaram baixo, mas o saguão cavernoso amplificou as vozes. Eles conversaram sobre a luta de pesos pesados da noite anterior, como se o tiroteio que tivesse acabado de acontecer fosse a coisa mais comum do mundo.

Lembrei-me de Carla Racatelli ao espiar do meu esconderijo sob a mesa pesada. Considerando as conexões da família com o submundo, imaginei se o tiroteio estava de alguma forma relacionado à morte dela. Parecia algo muito mais provável do que a maldição mencionada por mamãe e tia Pearl.

Vegas ou não, eu não tinha a menor intenção de dar chance ao azar indo ao funeral. O hotel já era inseguro e eu tinha certeza de que o funeral seria mais ainda. Eu precisava fazer o possível para impedir mamãe e tia Pearl de continuarem com a missão delas. Algumas vezes, era melhor não tentar o destino.

Eu precisava nos levar de volta a Westwick Corners e não havia tempo a perder.

CAPÍTULO 7

Não vi ninguém além dos atiradores no saguão. Mamãe, tia Pearl, Wilt e os demais não estavam à vista. Se outras pessoas tinham se escondido sob a mobília pesada ou atrás das colunas de mármore, eu não conseguia vê-las. Ou tinham se escondido quando o tiroteio começara ou tinham fugido pelas escadas ou pelos elevadores.

Prendi a respiração quando passos soaram no piso de mármore. Um homem desarmado andou em direção aos homens de terno. Ele saiu da área dos elevadores, apesar de eu não o ter notado antes. Ele agia como se um tiroteio no saguão do hotel fosse uma ocorrência diária. Observei-o enquanto andava. Ele vestia *jeans* preto, uma camisa branca de linho que parecia cara e um sorriso autoconfiante que dizia que era o chefe.

Ele era o tipo de homem arrogante que eu desprezava, mas achei difícil tirar os olhos dele. Era alto, moreno e estranhamente familiar. Ele parou abruptamente e virou a cabeça na minha direção. Meu coração bateu mais forte quando os olhos azuis de aço encontraram os meus.

Eu fora descoberta.

Recuei um pouco mais sob a mesa e prendi a respiração. Minha vida estava prestes a terminar antes mesmo de começar. Era quase certo que aquela guerra era dele, que não gostaria de deixar nenhuma testemunha.

Depois do que pareceu uma eternidade, ele afastou o olhar e recomeçou a andar na mesma direção que os homens de terno. Ele chutou o revólver caído com a bota, lançando-a pelo chão na minha direção. Ela parou a poucos centímetros do meu esconderijo.

O cano estava apontado para mim e agradeci à minha estrela da sorte pelo fato de a arma não ter disparado com o impacto. Prendi a respiração, com medo de que um dos homens fosse pegar a arma e visse-me sob a mesa.

O homem se juntou aos dois de terno perto da porta principal. Os dois homens estavam claramente sob o comando dele. O chefe fez uma pausa e virou-se. Os olhos dele varreram o saguão antes de se viraram novamente para mim.

O homem me notara, apesar de eu estar escondida. Senti-me exposta e vulnerável, como se a mesa não estivesse lá para me cobrir. Por outro lado, ele não fez nenhum esforço para me expor, portanto, baixei a guarda um pouco.

Também senti uma onda de adrenalina e algo mais que não sabia descrever. Minha estranha atração por ele foi quase o suficiente para me tirar do esconderijo. Ao mover o corpo para mantê-lo na minha linha de visão, bati a cabeça na parte debaixo da mesa.

— Merda! — A batida lançou ondas de choque pela minha cabeça quando minha voz soou no saguão silencioso.

O chefe franziu a testa. Segundos depois, virou-se sem uma palavra e passou pelos homens de terno. Em seguida, passou pelas portas de vidro pesadas, que agora estavam destrancadas. Um dos homens de terno saiu na frente, seguido pelo chefe.

O último homem girou o corpo, apontando a arma em um semicírculo para evitar que alguém os seguisse. Depois do que pareceu uma eternidade, ele saiu do prédio. Segundos depois, ouvi portas de carros batendo e pneus guinchando à distância.

Uma fração de segundo depois, o silêncio se transformou em gritos de pânico. No fim das contas, eu não estava sozinha no saguão.

Várias pessoas saíram dos esconderijos e correram pelo saguão procurando conhecidos e familiares.

Fiquei sob a mesa, em choque por causa do tiroteio e da minha atração pelo bonito desconhecido. Abri a boca, mas não consegui emitir nenhum som.

— Ai! — Alguém chutou meu tornozelo e rolei o corpo, vendo tia Pearl. Eu tinha certeza de que ela não estivera sob a mesa segundos antes.

— Deixe-me ir para casa, tia Pearl. Isto parece um filme de péssima qualidade, só que é real. O que diabos acabou de acontecer? — Eu não conseguia imaginar nenhum motivo para um tiroteio em nosso hotel de cinco estrelas.

Tia Pearl fez uma careta ao rastejar para longe da mesa.

O pânico me invadiu quando procurei mamãe e Wilt. Eles estavam ao meu lado segundos antes do início do tiroteio, mas agora não estavam à vista. Comecei a suar quando ouvi as sirenes da polícia no lado de fora. Rastejei até a beirada da mesa e espiei para fora quando as sirenes ficaram mais altas.

Havia pessoas por toda parte, algumas chorando, outras amontoadas em choque. Cerca de uma dezena de pessoas se empurravam em direção à saída, sem perceber que estavam seguindo os passos dos atiradores que tinham acabado de sair.

Lentamente, saí de sob a mesa e fiquei de pé. Eu ainda estava relutante de me afastar do meu refúgio. Uma mulher ao meu lado gritava freneticamente no celular, enquanto outras pessoas se amontoavam nos elevadores, ansiosas para escapar para a segurança dos quartos nos andares superiores.

Vi mamãe quando ela se levantou de trás de um sofá grande. Wilt estava ao lado dela. Aliviada, olhei para tia Pearl. Ela estava sentada, de pernas cruzadas, sobre o carpete grosso a poucos metros da mesa. As mãos estavam repousando sobre as coxas, em uma pose de ioga, como se ela estivesse em meditação profunda em meio ao caos.

Mas eu sabia que não. Ela estava lançando um feitiço. Estendi a mão, que ela prontamente afastou.

— Droga, nós o perdemos.

— Perdemos quem? — perguntei. — O que diabos está acontecendo que você não quer me contar? — O saguão agora tinha pelo menos uma dúzia de policiais. Eles direcionaram as pessoas para uma fileira perto da recepção, onde entrevistavam as testemunhas uma por uma. Havia policiais parados nas saídas e ao lado dos elevadores para que ninguém mais pudesse sair do saguão. Era apenas uma questão de tempo até que nos interrogassem.

— Você viu aquele cara bonitão? — Os olhos de tia Pearl se arregalaram em inocência fingida.

Dei de ombros, com receio de dizer alguma coisa que pudesse revelar minha atração.

— Obviamente viu, a julgar pela sua reação. Era o neto de Carla, Rocco. — Tia Pearl sorriu. — Como pôde não reconhecer nosso Rocco depois de todos esses anos? Vocês dois brincavam juntos o tempo todo quando eram crianças. Lembra? — O olhar de tia Pearl se perdeu no espaço.

— Aquele cara não era Rocco, tenho certeza. — Eu não via Rocco desde o ensino médio, mas meu ex-colega não tinha semelhança nenhuma com aquele homem misterioso e atraente que passara por nós. Eu sabia porque olhara muito bem para ele. O homem misterioso era inesquecível.

Levantei-me, andei até o sofá atrás de mim e observei o saguão. Além da multidão de turistas atordoados, havia poucos indícios do tiroteio. Apenas alguns buracos de bala nas paredes do saguão, que a polícia analisava naquele momento.

Fora praticamente um milagre que ninguém tivesse sido atingido pelas balas. — Precisamos falar com a polícia. Somos testemunhas.

— Não seja boba, Cen. Não podemos chamar atenção para nós. Rocco já faz isso o suficiente. Ele gosta tanto de um drama. — Tia Pearl inclinou a cabeça ao colocar a mão sobre a boca. — Eu queria muito que ele diminuísse os dramas um pouco. Manny não vai gostar disso nem um pouco.

Duvidei que a polícia nos deixasse sair sem nos interrogar, mas as coisas ainda estavam bem caóticas no saguão.

— Qual é a graça? Acabamos de enfrentar um tiroteio. Precisamos sair daqui. — Eu queria perguntar quem era Manny, mas tia Pearl estava claramente jogando uma isca e eu não tinha a menor intenção de lhe dar a satisfação de perguntar.

Tia Pearl balançou a cabeça. — Você tem razão. Vamos levar nossa bagagem para o quarto e depois ir ao cassino. Você precisa relaxar. Talvez até mesmo encontremos Rocco.

— Ele é a última pessoa que quero ver agora. — Era verdade, mas, ao mesmo tempo, uma mentira completa. Eu poderia olhar para o homem para sempre. Mas não pretendia ser um peão de uma das escapadas de tia Pearl. Também não queria reencontrar com um garoto do passado de quem eu nunca gostara muito. Não importava o quanto ficara bonito.

— Pare de ser tão negativa. — Tia Pearl revirou os olhos. — Você reclamou da gasolina e de sua entrevista de emprego idiota o caminho inteiro.

— Por que não reclamaria? Você me enganou para me arrastar até aqui.

Tia Pearl fez um gesto de desprezo com a mão. — O pobre Rocco acabou de perder a avó e você só consegue pensar em si mesma. Eu não deveria ter trazido você.

— Isso mesmo, não deveria. Não quero ter nada a ver com Rocco e o plano esquisito que você montou. — Meu humor melhorou ligeiramente quando mamãe e Wilt se juntaram a nós.

Tia Pearl abriu um sorriso maligno. — Rocco não é só um garoto legal, Cen. Ele é ambicioso e inteligente. Vocês dois dariam um belo casal.

— Não vejo o que isso tem a ver com alguma coisa. — A ideia de tia Pearl me juntar com Rocco enquanto ele ainda estava de luto pela avó era extremamente absurda, até mesmo para ela. Só torci para que não fizesse nada que me envergonhasse.

— Ah, mas verá, Cen. — Um sorriso brincou nos lábios de minha tia quando ela colocou um braço em minha volta e apertou meu ombro. — Você verá.

CAPÍTULO 8

Fizemos o registro no hotel quando a polícia de Las Vegas terminou de obter nosso depoimento e detalhes pessoais. Eu estava completamente exausta, apesar de mal ter passado a hora do café da manhã.

Eu estava furiosa com tia Pearl pela forma como ela evitava a verdade. — Por que não contou à polícia que conhece Rocco?

— Eles não perguntaram, por que eu mencionaria esse fato? De qualquer forma, não faz diferença.

Balancei a cabeça. — Faz uma grande diferença. Ele estava com dois dos atiradores.

— Que seja. — Tia Pearl me dispensou com um aceno da mão. — Temos um trabalho de vida ou morte a fazer e precisamos ser discretos.

— Que trabalho?

Tia Pearl fez um movimento de lábios fechados com a mão e virou-se. Ela me ignorou completamente quando seguimos o auxiliar do hotel e nossa bagagem pelo saguão até os elevadores, ziguezague-ando por entre os hóspedes atordoados.

A única coisa diferente na cena caótica do saguão foi que Wilt logo desapareceu. Ele decidira ficar no trailer, em vez de na suíte que, pelo

41

jeito, iríamos dividir. Fiquei aliviada, pois até mesmo bruxas relutantes como eu tinham que deixar a máscara cair de vez em quando.

Isso teria sido impossível com Wilt na suíte e meu humor já estava meio negro depois da viagem exaustiva na estrada. Um de nós acabaria explodindo cedo ou tarde. Esconder os talentos de bruxaria o tempo inteiro era quase tão difícil quanto ser uma bruxa.

O assistente acenou para um elevador privativo no fim da fileira de elevadores. As portas se abriram e entramos no elevador como VIPs, atraindo olhares frios de dezenas de pessoas nas filas dos elevadores comuns. Nosso tratamento especial certamente tinha algumas obrigações.

O assistente nos seguiu para dentro do elevador, puxando o carrinho de bagagens atrás de si. Ele usou o cartão e apertou um dos vários botões marcados com letras, em vez de números de andares. Em seguida, apertou um botão com um "R" elaborado gravado.

Fiquei surpresa ao ver minha mala sobre a pilha de bagagens. Eu não fizera a mala, pois a viagem fora inesperada. Ou tia Pearl levara minha mala porque planejara o tempo todo me sequestrar ou usara magia.

Eu mal tive tempo de pensar no assunto antes que a porta do elevador se abrisse para uma sala de mármore espaçosa com o teto inacreditavelmente alto. Era o mesmo tema italiano do saguão, mas em escala menor. As paredes eram revestidas de pinturas impressionistas grandes sobre uma fonte de mármore com água colorida.

Mamãe saiu do elevador e observou os arredores. — Tem certeza de que é o lugar certo? Parece uma vila.

A decoração era uma mistura de apartamento provincial francês e uma vila italiana antiga, que passara por uma estranha renovação dos anos 1970. Havia muitos outros temas decorativos misturados, mas esses eram os principais. Como o saguão, era uma mistura de diferentes eras.

A arquitetura europeia rebuscada contrastava com os carpetes de detalhes dourados. No meio do aposento enorme, havia uma área de estar rebaixada. Uma escada em espiral de ferro levava ao segundo andar, que supus ser onde ficavam os quartos.

A decoração superluxuosa me fez esquecer momentaneamente que estávamos em um arranha-céu novo em folha de Las Vegas, não em uma Versailles retrô. Fiquei parada na entrada, boquiaberta.

— Vamos, não temos o dia inteiro. — Tia Pearl pegou meu braço e puxou-me para dentro da suíte. — Temos coisas a fazer.

Puxei meu braço e parei em frente a uma das pinturas a óleo. A julgar pelas pinceladas e pela moldura de aparência cara, a pintura era autêntica e muito antiga.

O retrato parecia ser dos anos 1930. Um homem pequeno de terno listrado estava parado ao lado de uma mulher sentada. O vestido de lantejoulas era acentuado por um longo colar de pérolas. Ela tinha os mesmos olhos azuis penetrantes que o homem no saguão.

Passei a mão de leve na parte inferior da moldura. O quadro se moveu ligeiramente e eu o endireitei. Era a primeira suíte em que eu ficava que não tinha os quadros aparafusados na parede. Mas havia algo mais. No lugar de um dos olhos do homem, havia um buraco de bala.

Soltei uma exclamação e virei-me para mamãe e tia Pearl, mas elas já tinham saído. Segui-as para dentro da suíte e vi o ajudante subir a escada em espiral com as malas.

— Bem-vindas! — disse uma voz masculina profunda atrás de mim.

Dei um pulo e virei-me, vendo um homem loiro, em boa forma, com trinta e poucos anos, vestido formalmente com um terno escuro. Meu primeiro pensamento foi de que ele estava vestido para o funeral.

Ele sorriu e estendeu a mão. — Sou Christophe, seu mordomo.

Franzi a testa ao apertar a mão dele. Olhei em volta da suíte. Devia haver quase duzentos metros quadrados só no piso principal, mais o espaço adicional no andar superior. — Acho que houve um erro. Este não é o nosso quarto.

Christophe sorriu polidamente, mas não respondeu.

— Não podemos pagar um lugar como este. — Mamãe se virou para Pearl. — Ele deve custar uma pequena fortuna. Exatamente quanto você ganhou na loteria?

Tia Pearl fez um gesto de indiferença com a mão. — Não se preocupe com isso. Eu lhe contarei mais tarde.

— Posso oferecer um coquetel? — perguntou Christophe.

— Não são nem 9 horas — respondi. — Não acha que é um pouco cedo? — Bebidas preparadas por mordomos deviam ser muito mais caras do que bebidas do minibar. Mesmo se tia Pearl tivesse realmente ganhado na loteria, eu duvidava que pudéssemos pagar.

— Não há momento igual ao presente. — Mamãe riu. — Viva um pouco, Cen.

Segurei o braço magro de tia Pearl e puxei-a para o lado. — O que você deu para mamãe? Eu nunca a vi assim.

— Relaxe. Ela finalmente está se divertindo, para variar, em vez de trabalhar até a exaustão naquele hotel idiota.

— Você quer que nosso hotel vá à falência. É o motivo real para ter trazido nós duas para cá. — Não era segredo que minha tia se ressentia de nosso negócio em Westwick Corners. Olhei para mamãe, que estava perto do bar, onde Christophe fazia os toques finais em três bebidas que pareciam ser feitas de frutas.

Tia Pearl pegou um dos copos e andou até as portas que levavam ao pátio.

Mamãe pegou outro e tomou metade em um gole só. — Esse homem é um gênio. Quem dera pudéssemos contratar você para trabalhar em nosso hotel.

Christophe sorriu. — Talvez possa. Estarei desempregado em breve e estou cansado de Vegas. Fale-me sobre o hotel.

— Ah, não é nada tão grande quanto o Hotel Babylon. O Westwick Corners Inn tem apenas doze quartos. E fica localizado em uma cidade quase fantasma. — Mamãe riu ao terminar o restante da bebida. — Entediante demais para um jovem como você. Sinto-me uma boba só de falar nele.

Christophe pegou o copo dela e foi para o bar para reabastecê-lo.

Mamãe o seguiu de perto.

Fui para o pátio onde tia Pearl estava. O pátio enorme da cobertura era quase tão grande quanto a suíte propriamente dita. Ele tinha uma piscina, uma banheira quente e cadeiras distribuídas para aproveitar ao máximo a vista da cidade, que provavelmente era magnífica à noite. Como era cedo, tudo estava quieto, como se metade da cidade ainda estivesse dormindo.

Virei-me para minha tia. — Mamãe tem razão. Não temos como pagar por este lugar, mesmo com um desconto enorme.

— Relaxe — disse tia Pearl. — Pode ser a suíte para pessoas muito ricas, mas não vai nos custar um centavo.

Eu a encarei. — Não somos pessoas muito ricas e não podemos ficar aqui de graça. Qual é a pegadinha?

— Não há pegadinha. — Tia Pearl piscou.

Mamãe saiu da suíte naquele momento. Ela passou por mim com passos incertos, derramando parte da bebida no chão de concreto. — Nada é de graça, pois o hotel espera que gastemos milhares de dólares em jogo. Talvez nem o que você ganhou na loteria seja suficiente. Na verdade, talvez seja um desastre.

Mamãe se referia ao problema que tia Pearl tinha com jogo. O dinheiro da loteria era uma faca de dois gumes. Duvidei que minha tia ficasse longe das mesas e das máquinas caça-níqueis por muito tempo.

— Não gastei um centavo na suíte nem em nada. Rocco nos colocou aqui porque nos considera família. Não que eu não possa pagar. Além do mais, posso jogar, se quiser. Sou milionária e tenho dinheiro para queimar.

Lembrei-me do cara inteligente e do tiroteio no saguão. Eu não gostava da ideia de dever favores a um homem que precisava de guarda-costas. Tia Pearl provavelmente entendera o convite dele de forma errada, se era que fora mesmo convidada. Fiz uma anotação mental para procurar a recepção mais tarde e confirmar o valor.

Mamãe apontou para tia Pearl. — Ainda acho que deveríamos ter ficado no trailer. Se alguma coisa der errado, você terá que pagar a conta. — Ela andou até uma das cadeiras sem esperar a resposta.

Tia Pearl se virou para mim e revirou os olhos. — Vocês duas precisam parar de se preocupar e começar a se divertir.

— Como? Você nos enganou para nos trazer em sua viagem mágica misteriosa e está sendo muito vaga sobre como e quando exatamente ganhou na loteria. Não vou relaxar enquanto não me disser o que realmente está acontecendo. — Quase senti vontade de me juntar a Wilt no trailer. Quase.

— Está bem. Vou lhe contar, mas você não pode contar para Ruby. — Tia Pearl massageou as têmporas. — É um pouco complicado. Nem sei por onde começar.

— Que tal começar explicando o tiroteio no saguão?

Tia Pearl colocou a mão sobre a boca. — Não foi terrível? Não faço ideia de como aquilo aconteceu...

Ergui a mão em protesto. — Acho que você sabe exatamente o que está acontecendo e, se não me contar, vou embora. Darei um jeito de chegar em casa. — Parecia que ela planejara tudo, resultando na confissão excessivamente dramática que estava prestes a fazer. — Alugarei um carro ou algo assim.

— Como? Você se esqueceu da bolsa e não tem dinheiro.

— Pensarei em algo.

— Se você praticasse a bruxaria, poderia conjurar dinheiro. Que desperdício de talento. — Tia Pearl balançou a cabeça lentamente.

— Pare de mudar de assunto, tia Pearl.

— Está bem. — Ela suspirou. — O que você quer saber?

— Tudo. Começando com aqueles homens no saguão. Você sabe de alguma coisa que não quer me contar. — Ela estava envolvida ou sabia mais do que dizia.

Tia Pearl limpou uma lágrima imaginária. — Eu não ia contar a ninguém. Mas, para ser sincera, será um alívio ter uma confidente. Alguém do meu lado.

— Eu nunca disse que estava do seu lado. Só quero saber no que foi que nos meteu.

— Eles já pegaram Carla e Tommy antes dela. — Tia Pearl respirou fundo. — Eles pegarão Rocco também, a não ser que consigamos impedi-los. Tenho um plano.

Cobri as orelhas. — Não vamos deter ninguém. Mamãe sabe disso?

— Há algumas coisas que é melhor ela não saber.

— Como o quê?

— Segredos de família — respondeu tia Pearl. — Este partirá o coração de Ruby.

CAPÍTULO 9

Tomei minha bebida de frutas. Era difícil acreditar na alegação de tia Pearl. Eu não lembrava de mamãe um dia ter namorado, muito menos ter um relacionamento sério. E ela não tinha motivo para ter mantido um segredo de mim.

Papai desaparecera sem deixar rastros quando eu estava no ensino fundamental. Desde então, mamãe mergulhara na culinária e na jardinagem. Ela até mesmo fazia vinho com as uvas de nosso vinhedo e transformara nossa casa ancestral em um belo hotel de pequeno porte. Ela se mantinha ocupada, sem nunca mencionar papai. Ela nunca mencionara encontros nem um namorado estável.

Ainda assim, tia Pearl alegava outra coisa. — Ruby foi descartada pelo amante. Ele deixou Ruby para ficar com Carla Racatelli.

— Que amante? Você está inventando isso. — Desde que eu conseguia me lembrar, mamãe não saíra de Westwick Corners e não tivera namorados. Ela era caseira demais para levar uma vida dupla. Mas minha tia parecia séria. Não achei que, desta vez, ela estivesse mentindo.

Tia Pearl balançou a cabeça lentamente. — Quem dera eu estivesse inventando. Se pelo menos eu pudesse desfazer o que aconteceu. Mas não posso. Vamos voltar para dentro para conversarmos sem que Ruby escute.

Eu a segui relutantemente, atordoada com a possibilidade de mamãe ter tido um relacionamento secreto. Eu também estava um pouco magoada por saber que ela guardara segredos de mim. — Por que mamãe não me contou sobre esse cara? Quando ela se encontrava com ele?

— Ela é uma bruxa, Cen. Uma bruxa competente que tem muitos métodos à sua disposição para estar em mais de um lugar ao mesmo tempo. Se você praticasse seus feitiços com mais frequência, saberia disso. — Tia Pearl franziu a testa. — Ruby sabia que você não aprovaria o caso amoroso dela e nunca lhe contou. Você é muito moralista e certinha.

— Desde quando isso é ruim? — Sentei-me em uma poltrona imensa, perto de tia Pearl, que se empoleirou na beirada de um sofá de couro branco incrivelmente longo.

— Eu nunca disse que era. Mas Ruby sabia que você iria julgá-la.

— Eu não faria isso. — A ideia de mamãe ter uma vida amorosa nunca me ocorrera. Talvez eu devesse ter imaginado que ela sairia com alguém em algum momento e fazia décadas que papai fora embora. Ela só nunca parecera interessada em um relacionamento nem gostava de guardar segredos. Devia haver mais coisas por trás daquilo. E, pelo jeito, havia.

— Ruby deveria se sentir grata por se livrar daquele cara. — Tia Pearl se apoiou no braço do sofá, com as pernas magras estendidas para a frente. — Quem sabe, poderia ter sido ela.

Engoli em seco. — Você acha que ele matou Carla? Quem é esse cara?

— Bones Battilana. Um dos chefões da máfia mais poderosos do país. Ele queria entrar em Las Vegas, mas todo o estado de Nevada é controlado pelos Racatellis. Dizem que Bones apagou Tommy há alguns anos para lutar pelo controle da família Racatelli. Ele não esperava que Carla assumisse as rédeas. Ela se mostrou muito melhor nos negócios do que Tommy. Portanto, o plano dele de consolidar o poder não deu certo.

— Então, em vez disso, ele teve um romance com Carla? — Lentamente, a ficha caiu. — Você está dizendo que mamãe namorou um mafioso, que a largou para ficar com Carla? Isso é loucura.

— Parece que foi isso mesmo. Só não sei o que fazer. — Tia Pearl ergueu as mãos, derramando a bebida no sofá. — Agora você vê por que preciso de sua ajuda. Não quero que ela tenha um ataque no funeral ao encontrar Bones.

— Acho que é melhor você contar a ela logo. — Minha bebida era alcoólica e senti-me embriagada, apesar de ter tomado poucos goles. Na verdade, ela parecia ter afetado todas nós ao extremo. Parecia um pouco paranoico, mas eu começava a me perguntar se ela continha algo mais além do álcool.

Christophe apareceu segundos depois com um pano e uma garrafa de Club Soda. Em um minuto, ele limpou completamente a bebida derramada. Ele sorriu com orgulho, parecendo uma Martha Stewart masculina, esperando uma oportunidade de mostrar seus diversos truques.

Christophe fez uma mesura leve e virou-se na direção da cozinha. Ficamos em silêncio até que ele estivesse fora do alcance da conversa.

— Sabe, Cen... você tem uma forma muito boa de lidar com crises. — Tia Pearl coçou o queixo como se estivesse considerando meus talentos, ou a falta deles, pela primeira vez. — Esta é uma questão muito delicada e você é muito melhor nessas coisas do que eu.

— Não. Como poderei dizer a mamãe algo que eu nem deveria saber?

— Você encontrará uma forma. — Ela olhou em volta da suíte para ter certeza de que ninguém nos ouvia. Sua voz virou um sussurro. — Bones Battilana é um cara bem importante aqui. Temos que ser discretas.

— Acho que você está inventando tudo isso. Mamãe nunca, nem em um milhão de anos, namoraria um mafioso, muito menos um cara chamado Bones. — Senti um arrepio ao pensar em mamãe namorando um cara desses.

— Ruby pode ser sua mãe, mas não é diferente de qualquer outra mulher. Ela esteve envolvida com ele por quase uma década. Todos nós temos necessidades, Cen. Até mesmo eu.

Aquilo ficava cada vez mais estranho. Era difícil o suficiente imaginar mamãe com um homem, mas a ideia de a rabugenta da minha tia ter "necessidades" parecia totalmente contrária à personalidade e ao estilo de vida dela. Tia Pearl nunca se casara e parecia sempre ter ódio por qualquer pessoa com um cromossomo Y.

— Esse cara deve ter um nome de verdade.

— Danny. Tudo parecia muito bem até três semanas atrás. Foi quando Bones... quero dizer, Danny... disse a Ruby que tinha que fazer uma viagem a negócios de um mês para a Ásia. Ela não o vê desde então. Acha que está tudo bem entre eles. Na realidade, ele a deixou por causa de Carla, mas não teve coragem de dizer isso a ela.

— E agora Carla está morta. É um momento péssimo para isso.

— Ou talvez um momento excelente. Tenho quase certeza de que Bones matou Carla — disse tia Pearl. — Foi por isso que coloquei você no *Projeto de Vingança em Vegas*. Precisamos investigar a morte de Carla e vingá-la. Ah... e sua primeira tarefa é contar a Ruby o que o namorado idiota dela fez.

Pelo menos, o ex-namorado de mamãe era um "ex", mas a ideia de que ele era suspeito do assassinato de Carla me deixou de cabelo em pé. Eu não sabia praticamente nada sobre a morte de Carla, mas tinha que haver outra explicação. Dei um pulo quando as portas se abriram e mamãe voltou para a suíte. — Não faremos nada disso!

— Hein? — Mamãe sorriu para nós. Ela cambaleou ligeiramente ao erguer o copo vazio e fazer um brinde. Ela raramente bebia e eu nunca a vira embriagada antes. Aquele dia parecia ser o primeiro em relação a muitas coisas, nenhuma delas boa.

— Será muito melhor vindo de você do que de mim. Você sabe que estragarei tudo. — Tia Pearl mudou de posição no sofá e ergueu os joelhos até o peito, lançando-me um sorriso falso.— Por favor?

Tia Pearl nunca aceitava não como resposta e certamente haveria consequências para mim, a não ser que concordasse com o plano dela. Senti-me encurralada. — Você nunca disse que Carla foi assassinada. Mamãe sabe disso?

Mamãe girou a taça na mão e andou cambaleante em direção à cozinha, em busca de Christophe e seu elixir mágico.

Tia Pearl esperou até que ela saísse da sala. — Sim.

— Você deveria ter me contado isso tudo há muito tempo.

— O que posso dizer? O relacionamento de Ruby era segredo dela. Ela me fez jurar que manteria segredo. — Tia Pearl ergueu as mãos com a palma para cima. Seu lábio inferior estremeceu. — Eu sei, Cen. Foi uma decisão ruim de minha parte. Mas é um pouco tarde para corrigir. Você sabe como sou ruim nesse tipo de coisa. Vou estragar tudo e deixar Ruby ainda mais chateada. Ela não sabe sobre o caso dele. Ficará arrasada. Ela achou que Bones estava prestes a pedi-la em casamento.

— Danny.

Tia Pearl revirou os olhos. — Está bem. Danny.

Outra bomba. — O tiroteio no saguão... era parte da viagem de negócios de Battilana?

Tia Pearl assentiu. — Os homens de Rocco estavam defendendo-o contra outro ataque de Bones Battilana. Temos que encontrá-los antes que encontrem Rocco. É por isso que você precisa contar a Ruby sobre o caso ilícito dele com Carla. Não podemos correr o risco de ela se aproximar dele, uma pessoa tão perigosa e imprevisível.

— A polícia ainda não o prendeu?

Tia Pearl balançou a cabeça negativamente. — Ele está fazendo o papel de marido em luto e a polícia está aceitando. Entretanto, o marido é sempre o suspeito número um. Enquanto isso, ele continua a vida normalmente, tentando obter o controle do patrimônio de Carla. Foi por isso que ele se casou com ela. Ele não conseguiu ganhar o controle de Las Vegas dos Racatellis e, em vez disso, juntou-se a eles. Agora ele está na ação.

— Uau... Bones agora é casado com Carla? — Minha mente girava com tudo o que tia Pearl acabara de dizer. — O que devo dizer a mamãe?

— Tudo. Com Carla morta, Ruby pode tentar se reconciliar com ele, o que seria um erro grave. Enquanto você faz isso, vou pegar mais uma rodada de bebidas. — Tia Pearl saltou do sofá e foi em busca de nosso mordomo. — Christophe?

Saltei atrás dela. — Espere... você precisa contar à polícia o que sabe antes que venham perguntar. Talvez possam proteger mamãe. — Depois de tudo o que minha tia contara, a entrevista que eu perdera não parecia mais importante.

— Não posso fazer isso, Cen. Não confiamos em ninguém. Nem mesmo na polícia.

CAPÍTULO 10

Saí do elevador, ainda estonteada com a confissão de tia Pearl. Também sentia os efeitos dos coquetéis maravilhosos de Christophe. Perdi a conta de quantos eu tomara, apesar de não ter a intenção de beber nada. Quanto à tia Pearl, eu não sabia se devia sentir medo ou raiva, mas sentia um pouco de cada.

Atravessei o saguão em direção ao cassino. Não foi muito difícil encontrá-lo, com todas as luzes piscando, os barulhos e as multidões de turistas de meia idade e com excesso de peso. A maioria usava camisetas e bermudas de Las Vegas. O contraste entre as roupas casuais e a decoração opulenta deixou meus sentidos desorientados.

Obviamente, os cassinos não afastavam ninguém, especialmente pessoas com dinheiro no bolso, não importava o quanto as roupas parecessem pobres. E, pelo que percebi, os negócios estavam a pleno vapor.

Concentrei-me novamente na minha missão: encontrar um telefone para ligar para Tyler e pedir desculpas por não ter ido ao encontro. Considerei pegar um avião para casa, mas, sem dinheiro nem cartões de crédito, seria impossível. De qualquer forma, tia Pearl minaria meus esforços. Ela me queria no funeral a qualquer custo e não aceitaria um não como resposta.

Não consegui encontrar um telefone público e os únicos equipamentos do hotel que faziam barulho eram as máquinas caça-níqueis. A atmosfera me deixou atordoada. Não havia janelas nem relógios. Sem um relógio, era impossível saber a hora do dia. Qualquer coisa que distraísse os jogadores era considerada proibida.

Atravessei o saguão e saí pelas portas giratórias de vidro para a rua. O céu estava ligeiramente nublado, mas isso não diminuía o calor que já atacara minha pele. Achei que provavelmente estivesse no fim da manhã, apesar de ter perdido todo o senso de tempo.

Parei a poucos passos da entrada e levei alguns momentos para observar os arredores. Andei na direção do que parecia ser uma área comercial, torcendo para encontrar um *shopping center* ou uma loja em que conseguisse comprar um celular barato.

Tyler devia estar perguntando-se por que eu não telefonara depois de não ter aparecido em nosso encontro. Provavelmente, eu acabara com todas as chances que pudesse ter com ele.

Primeiro, eu telefonaria para Tyler e, depois, encontraria uma forma de voltar para casa. O modo de viagem mais fácil e mais rápido envolvia intervenção mágica, mas minhas habilidades não eram boas o suficiente para conjurar algo parecido com um teletransporte. Além disso, duvidava muito que mamãe ou tia Pearl me ajudassem. No mínimo, comentariam sobre as lições de magia que eu perdera e que merecia meu destino.

Considerei o quanto deveria contar a Tyler. Eu queria que ele entendesse que eu não simplesmente cancelara o encontro. Exceto que a história do sequestro parecia totalmente inacreditável. Dizer a verdade só pioraria a impressão já ruim que ele tinha de tia Pearl.

Dois quarteirões depois, eu não vira sinais de lojas nem nenhum outro lugar onde pudesse comprar um celular. Os únicos negócios naquela rua pareciam ser outros cassinos. Minha falta de familiaridade com Las Vegas significava que eu poderia demorar muito para encontrar um telefone.

Parei na esquina, sentindo-me frustrada e sem saber o que fazer a seguir. Em seguida, percebi que tinha outras opções. Apesar de meus talentos de bruxaria não serem adequados para me transportar de volta para Westwick Corners, eu sabia feitiços básicos e conjurara objetos inanimados antes. Nunca um celular, mas isso provavelmente seria possível. Desejei que tivesse pelo menos praticado um pouco para que não estivesse tão enferrujada.

Em vez disso, eu destruíra a única vantagem que poderia me tirar da situação atual. Apesar de poder culpar tia Pearl por ter me sequestrado, a confusão em que estava era, no fim das contas, culpa minha.

Só recentemente eu decidira que meus talentos naturais não eram trapaça. Na verdade, não eram talentos, pois cada feitiço demorara horas para aprender e uma quantidade significativa de prática para manter o conhecimento. O retorno era proporcional à dedicação. Nada mais, nada menos.

Tive essa epifania quando fiz uma aposta com tia Pearl... e perdi. Perder a aposta me prendera a todas as setenta e duas aulas no curso Pérolas de Sabedoria da Escola de Encantamento de Pearl. O currículo tinha tudo o que era preciso saber para ser uma bruxa de sucesso. Infelizmente, eu só chegara até a aula três. Isso significava que eu era boa em me livrar de coisas, mas não em conjurá-las.

No entanto, eu conseguira conjurar algumas coisas pequenas. Os resultados normalmente tinham consequências indesejadas, mas, pelo menos, eram alguma coisa. Valia a pena tentar.

Massageei as têmporas enquanto tentava me lembrar das palavras exatas do feitiço Pequenos Objetos que aprendera na segunda aula. Os fragmentos do feitiço lentamente voltaram enquanto eu imaginava as palavras.

Mudei de sentido e andei de volta na direção do hotel. Eu poderia praticar no quarto da suíte sem que mamãe nem tia Pearl soubessem. Pelo menos, elas estariam por perto se eu me metesse em encrencas.

Um, dois, três,
   Celular, venha para mim...

Não, não parecia certo. Reduzi a velocidade.

. . .

Um, dois, três,
     Celular, apareça...

Uma palavra errada poderia ter resultados desastrosos e tentativas e erros não eram uma boa opção. Se pelo menos eu tivesse um exemplo para consultar...

Entrei no saguão e andei até o elevador. Eu estava tão perdida em pensamentos que bati contra o peito de um homem.

Um peito musculoso e firme.

E olhei diretamente dentro dos olhos de um azul intenso de um homem que eu não vira em muito tempo.

CAPÍTULO 11

Recuei e comecei a me desculpar, sentindo-me subitamente constrangida.

— Cendrine West! Eu a reconheceria em qualquer lugar. — Rocco Racatelli olhou para o meu peito antes de subir lentamente o olhar para o meu rosto.

— Engraçado encontrar você aqui. — Não gostei de ele me encarar até perceber que eu fizera exatamente a mesma coisa. Observei a expressão dele, sem saber se falava sério ou se estava brincando. De acordo com tia Pearl, Rocco não só sabia que estávamos lá, como providenciara a suíte sofisticada. A última pessoa a quem eu queria dever favores era Rocco Racatelli.

— Está surpreso em me ver? — Lembrei-me do tiroteio no saguão. Ele certamente me notara naquela manhã, apesar de, desde então, eu ter ficado um pouco mais desgrenhada e perceptivelmente embriagada.

Com base nas alegações de tia Pearl, nosso encontro não podia ser considerado uma coincidência, já que ele nos esperara. Mas tia Pearl contava muitas mentiras e era impossível saber com certeza. Entretanto, fiquei de boca fechada.

— É claro. — Os olhos azuis dele brilharam. — Quanto tempo faz? Dez anos?

Encontrei o olhar dele e assenti, sem palavras diante daquele estranho lindo que não se parecia em nada com o Rocco de que eu me lembrava. O adolescente gorducho que eu conhecera em Westwick Corners desaparecera. Uma década e muito tempo na academia transformara drasticamente a aparência de Rocco. Ele trocara de roupa desde o tiroteio, mas ainda parecia muito bem. Os músculos apareciam sob uma camiseta branca, quase tão brilhante quanto o sorriso dele. Ele vestia calças *jeans* e botas de caubói. O rosto bronzeado já tinha um toque de barba por fazer.

E aqueles olhos azuis penetrantes. Eu não conseguia encará-lo de frente, mas também não conseguia desviar o meu olhar. Senti-me completamente enfeitiçada.

Abri a boca para responder, mas não saiu uma palavra sequer. Não era apenas a aparência bonita dele que me deixara sem palavras. Ele parecia ter uma aura que me atraía como um ímã. Meu coração bateu mais depressa e corei.

Senti uma vontade estranha de puxá-lo para perto e enterrar o rosto no peito bem definido. Meu senso comum me conteve, mas por pouco. Aquele certamente não era o mesmo Rocco com quem eu crescera em Westwick Corners.

Uau.

O que diabos estava acontecendo? Era como se eu estivesse sob o efeito de um feitiço ou algo parecido.

Ou sob a influência da bruxaria de tia Pearl.

Se Rocco percebeu meu silêncio estranho, não demonstrou.

— Vamos tomar alguma coisa e botar a conversa em dia. — Os olhos de Rocco se viraram de um lado para o outro ao verificar a rua movimentada.

— Ahm, não posso agora, Rocco. Eu estava justamente saindo para comprar um celular. — Meu coração bateu com força e uma camada fina de suor surgiu na minha testa. — Sabe onde posso conseguir um?

— Precisa telefonar para alguém? Tome, use o meu. — Ele desbloqueou a tela e entregou-o a mim.

Quase devolvi o celular antes de pensar melhor. Poderia demorar horas até que eu conseguisse comprar ou conjurar um celular. Usar o telefone dele resolveria meu problema de forma imediata. Quanto mais cedo eu telefonasse para Tyler, melhor. — Claro, obrigada. Já volto.

Dei alguns passos até um banco na calçada e digitei o número de Tyler. Rocco voltou para a entrada do hotel e acenou para que eu o seguisse. Fui atrás dele, que andou na direção de um bar ao lado do saguão. Como eu estava com o celular dele, precisava segui-lo.

Tyler atendeu no primeiro toque. — Achei que alguma coisa tivesse acontecido. Onde você está?

Foi muito bom ouvir a voz dele, que não parecia bravo. Em vez disso, ele soou preocupado. Era muito doce da parte dele, considerando que eu não aparecera para o encontro.

— Ahm... Las Vegas. — Olhei para Rocco, que estava a poucos passos de distância e não conseguia ouvir. Ele estava no bar, chamando um garçom. — Acho que tia Pearl não estava brincando sobre a viagem. — Omiti a entrevista que eu perdera e o bilhete da loteria de tia Pearl. Seria muito difícil explicar e eu não tinha muito tempo para falar, pois estava usando o telefone de Rocco. — Lamento muito sobre o nosso encontro. Não o culparei se estiver bravo comigo.

Tyler deu uma risada suave. — Acontece. Especialmente com aquela sua tia. Marcaremos outro dia. Quando você voltará?

— Ahm... ainda não sei. Estamos aqui para um funeral, mas tia Pearl não me disse quanto tempo ficaremos. — Não falei nada sobre o *Projeto Vingança em Vegas* de tia Pearl, que era algo inexplicável, nem sobre o tiroteio no saguão, o que certamente o deixaria ainda mais preocupado.

— Ah, é? Quem faleceu?

— Carla Racatelli, uma amiga de tia Pearl. A morte dela foi um tanto súbita. — Aquilo soou melhor do que dizer que ela fora assassinada.

Tyler respirou fundo e ficou em silêncio.

Fiquei em dúvida. Talvez Tyler estivesse bravo, no fim das contas. E se ele não quisesse um próximo encontro? — Ainda está aí?

Tyler pigarreou. — Racatelli? De Tommy e Carla Racatelli?

— Isso. Você os conhece?

— Não, mas sei quem são. Você deve conhecê-los muito bem para viajar até Las Vegas para o funeral.

— Eles moraram em Westwick Corners há cerca de dez anos. Fui à escola com o neto deles, Rocco. Ele foi criado por Carla e Tommy depois que seus pais morreram em um acidente de carro. — Obviamente, Tyler não saberia disso, pois só se mudara para Westwick Corners alguns meses antes, quando aceitara o cargo de delegado.

Mas ele sabia. Sabia mais sobre eles do que eu e passou os dez minutos seguintes contando-me tudo.

— Os pais de Rocco não morreram em um acidente de carro, Cen. Eles foram assassinatos com tiros dentro do carro, foi uma execução.

Meu coração bateu mais depressa. — Tem certeza disso?

— É claro que tenho. Foi um ato da máfia. Fico surpreso por você não saber disso. Westwick Corners é tão pequena. Não achei que isso teria permanecido em segredo por tanto tempo.

— Acho que permaneceu. — Cidades pequenas eram notoriamente lugares difíceis de manter segredo, exceto pelos que poderiam acabar com uma pessoa. Esses tinham a tendência de permanecerem escondidos para sempre. Pelo jeito, os negócios da máfia recaíam nessa categoria. Imaginei o que mais minha família não me contara.

Senti o rosto quente ao olhar para Rocco, que não sabia da minha conversa sobre sua família. Por sorte, o olhar dele não encontrou o meu, caso contrário, eu não teria conseguido pensar direito. O estranho controle que ele tinha sobre mim parecera ter enfraquecido um pouco com a distância. Outro sinal de que havia alguma bruxaria.

— Cen?

— Sim?

— Por favor, tenha cuidado. Você sabe sobre os negócios da família deles, certo?

Assenti, o que foi um gesto bobo, pois Tyler estava a quilômetros de distância e não conseguia me ver. — Os Racatellis tiveram um negócio escuso durante a Proibição e Tommy estava envolvido em algum tipo de escândalo político. Tudo terminou com a morte acidental dele há dez anos.

— Há muito mais do que isso, Cen. Você se lembra de como Tommy Racatelli morreu?

— Acidente de carro. Ele não conseguiu fazer uma curva e caiu em um precipício. — Franzi a testa. — Os Racatellis dirigem muito mal ou têm muito azar com carros.

— O acidente de Tommy foi um ataque comandado por um chefe do crime rival. Dedos Cintilantes Racatelli era um homem poderoso.

— Dedos Cintilantes? Nunca ouvi esse apelido. — Eu me lembrava vagamente do acidente de carro que tirara a vida do avô de Rocco. Parecera estranho na época, pois o sr. Racatelli tinha catarata e nunca dirigia depois do escurecer.

— Racatelli mantinha os negócios e a vida pessoal muito separados. Era por isso que ele morava em uma cidade tão pacata como Westwick Corners. Esses caras são perigosos, Cen.

— Não mais, pois ele está morto.

— Sim, mas os associados dele estão vivos. Você sabe que Carla também era parte do negócio da família, certo? Tenho quase certeza de que o filho dela, Rocco, também é.

— Rocco? — Parecia estranho falar sobre ele enquanto eu usava seu celular. — Duvido.

— Só tenha muito cuidado se estiver perto dele. Melhor ainda, fique longe. Se alguém tentar matá-lo, você poderia ser atingida por acidente.

Lembrei-me novamente do tiroteio no saguão. Tyler tinha razão. Com Carla morta, Rocco era o único Racatelli sobrevivente. Eu não sabia ao certo se Rocco era um criminoso, mas seria bom verificar alguns fatos. — Eu terei cuidado, mas, de verdade, não há nada com o que se preocupar. — Eu estava feliz por dentro com a preocupação de Tyler.

— Eles são mafiosos, Cen. Carla administrava uma organização bem grande. Com a morte dela, pode apostar que já está acontecendo uma disputa de poder pelo controle do negócio.

— Como você sabe tanto sobre eles?

— Sou um policial, lembra? Também trabalho à paisana. Os Racatellis eram, e ainda são, pessoas muito importantes. Mantenha distância deles, se puder.

Apesar do aviso de Tyler, eu não tinha muita escolha. Não mencionei Rocco nem o tiroteio enquanto debatia a lógica de usar o celular emprestado dele. — Ficarei bem. Nossas famílias não são tão próximas assim. Tia Pearl era amiga de Carla e só quer prestar seu respeito.

— Só tenha cuidado. Telefone para mim se tiver alguma preocupação.

— Ok. — Prometi telefonar para Tyler depois do funeral, quando os compromissos de tia Pearl teriam terminado e poderíamos voltar para casa.

Subitamente, tudo fez sentido. Uma pequena cidade como Westwick Corners era o local perfeito de onde operar uma organização criminosa. Ninguém conseguiria entrar e sair sem que a cidade inteira soubesse. Era como um sistema de aviso, apesar de, no fim, ele ter falhado para os Racatellis. Até mesmo o delegado podia ser comprado ou espantado para fora da cidade.

Outra ilusão de infância despedaçada.

Quanto mamãe e tia Pearl sabiam e que não me contaram? Se tia Pearl sabia sobre os segredos de negócio de Carla, poderia ser um alvo. O conhecimento podia ser uma coisa muito perigosa.

CAPÍTULO 12

Eu me despedi de Tyler no momento em que Rocco acenou para que eu fosse até a mesa de canto onde ele estava. Ele estava sentado de costas para a parede, o que lhe dava uma visão clara de todos que entrassem ou saíssem do bar. Ele assentiu a dois homens grandes, de vinte e poucos anos e vestindo ternos escuros, sentados na mesa ao lado.

O homem que estava virado para mim tinha a cabeça raspada, brilhando de suor, apesar do ar-condicionado do cassino. Ele parecia ser o mais velho dos dois. Quando me sentei, ele acenou com a cabeça para Rocco.

Eu não notara os homens antes, mas eles eram claramente os guarda-costas de Rocco.

Pelo jeito, eles tinham me notado, a julgar pela forma como me olharam da cabeça aos pés.

Fiz uma careta para eles e sentei-me à frente de Rocco. — Lamento muito sobre sua avó, Rocco.

Eu não ouvira muitos detalhes de tia Pearl e não sabia o que mais dizer. — O que aconteceu exatamente?

— Ela foi atingida. — A voz de Rocco estava firme e ele estava surpreendentemente calmo, considerando que a avó fora assassinada.

— Atingida por um carro? — Lembrei-me dos comentários de Tyler. Talvez fosse outro acidente que não fosse tão acidental, afinal de contas. Eu ainda não conseguia acreditar que alguém tivesse matado Carla, apesar das alegações de tia Pearl.

Ele balançou a cabeça negativamente. — Não exatamente.

— Ahm... como exatamente ela morreu? — Tomei um gole da cerveja e preparei-me para os detalhes sórdidos. Senti-me horrível perguntando aquilo, mas eu precisava saber se o que tia Pearl dissera era verdade.

— Eu a encontrei na piscina, boiando com o rosto para cima. No começo, achei que ela estivesse simplesmente boiando de olhos fechados. Mas ela não acordou mais. — A voz de Rocco falhou. — A polícia disse que foi um acidente... que ela se afogou.

— Mas você disse que alguém...

Ele assentiu. — Alguém a matou. Tenho certeza disso. Só não sei como provar.

Estremeci. Eu fizera a cobertura de alguns afogamentos acidentais para o jornal de Westwick Corners. Alguma coisa estava errada, mas eu não consegui perceber o que era. — Quanto tempo depois você a encontrou?

— Almoçamos juntos menos de uma hora antes de acontecer. Só voltei à casa dela porque tinha esquecido minha carteira.

— Você foi a última pessoa a vê-la com vida?

Ele assentiu. — Fiquei desconfiado assim que a vi na piscina. Ela nunca chegava a menos de dois metros daquela piscina. Tinha um medo muito grande de água.

Como eu estava presa na cidade até depois do funeral, não faria mal algum investigar um pouco. — O médico legista já fez a autópsia?

— Não. E não acho que será feita. Dizem que a polícia considera a morte dela um acidente.

Fiquei surpresa por não fazerem pelo menos uma investigação de rotina, considerando o nome Racatelli. O afogamento acidental de uma chefe do crime deveria acionar vários sinais de alerta. — Talvez o médico legista acabe fazendo a autópsia, apesar do que a polícia diz.

Eu só conseguia pensar em um motivo para que a polícia concluísse ser um acidente sem investigar.

Um encobrimento.

Concentrei-me novamente em Rocco, tentando entender a situação.

Rocco apertou uma das mãos com a outra. — Eu realmente preciso de seus talentos para chegar ao fundo disto, Cen.

— Por que eu? Eu não faço a menor ideia de como ajudar. Não vejo como... — Nossas habilidades sobrenaturais não eram divulgadas livremente, mas, como residente de longo tempo de Westwick Corners, Rocco conhecia muito bem pelo menos alguns dos talentos da família West.

— Pearl já me deu a palavra dela. Disse que você estava um pouco enferrujada, mas que a ajudaria.

— Ela disse? — Eu fiquei furiosa por tia Pearl me pressionar constantemente, apesar de ter pena de Rocco. Estranhamente, minha preocupação com a volta para casa fora substituída por empatia com Rocco. Eu queria fazer o que pudesse para vingar a morte da avó dele. Mas aquele nosso encontro parecia um pouco estranho. Rocco agira surpreso por me ver, apesar de já ter conversado com tia Pearl sobre mim. Talvez fosse tudo uma encenação.

Rocco assentiu. — Quem fez isso terá que pagar. Todos querem nosso negócio porque vovó construiu um império muito lucrativo. Bones Battilana não é exceção. Ele quer um pedaço dos negócios sem ter nenhum trabalho.

O maior dos dois homens na mesa ao lado xingou e deu um soco na mesa ao ouvir o nome do marido de Carla, agora viúvo.

— Eles não vão entrar nessa, não se eu puder fazer alguma coisa. — Rocco franziu a testa. — Mas, primeiro, preciso impedi-los. É aí que você entra.

— É? — Se as suspeitas de Rocco tivessem fundamento, ele deveria estar falando com a polícia, não com uma bruxa incompetente. — Você já levou suas suspeitas à polícia?

— Não fiz muita pressão. De qualquer forma, eles não têm feito muita coisa. Ficam felizes se matamos uns aos outros, pois é menos trabalho para eles. No que lhes diz respeito, essas guerras por poder são apenas um custo dos negócios. Vovó construiu uma operação de lavagem de dinheiro muito bem-sucedida. Ela administra... quer dizer, eu administro tudo daqui do cassino. Os caras de Battilana me ameaçaram, dizendo que serei o próximo. Quando eu morrer, o negócio será deles.

Apesar de sentir pena de Rocco, eu não pretendia juntar forças com um negócio criminoso.

Cobri as orelhas. — Por que está me contando isso tudo? Quanto mais eu souber, mais estarei em perigo. — Agora eu estava muito furiosa com tia Pearl. A suíte grátis no hotel praticamente nos obrigava a ajudar Rocco.

— Agora sou o único Racatelli sobrevivente e o negócio é meu. Isso significa que sou o próximo da lista. — Rocco franziu a testa e pensou por um instante. — Mas não se preocupe. Como você não faz parte do negócio, será deixada em paz.

— O que faz com que tenha tanta certeza disso? — Meu coração bateu mais depressa quando me inclinei sobre a mesa. Envolver-me era uma péssima ideia. Meu coração dizia sim, apesar de meu cérebro dizer não. No fim, minhas emoções venceram. Eu queria ajudá-lo.

— É uma regra não escrita. Agora que você sabe, não temos tempo a perder. Deixe-me contar a você sobre vovó. — Rocco acenou para que a garçonete levasse outra rodada de bebidas e inclinou-se para a frente.

Como jornalista, parte de mim queria muito saber a história por trás dos bastidores. Meu lado avesso ao perigo queria permanecer no escuro. Bebi o restante da cerveja. — Estou ouvindo.

CAPÍTULO 13

— Você sabe que eu faria qualquer coisa. Basta me dizer do que precisa. — Inclinei-me sobre a mesa e encarei os belos olhos azuis de Rocco Racatelli. Talvez tia Pearl tivesse razão, no fim das contas. Nós dois tínhamos segredos de família e parecia uma parceria natural. Estávamos destinados a ficar juntos.

— Fico muito feliz por você e sua família terem vindo para o funeral. — Rocco bateu de leve na minha mão. — Ainda estou chocado com o que aconteceu, mas escapei por pouco esta manhã. Estou muito perto de ser riscado da lista de Bones Battilana.

— Os homens no saguão esta manhã?

Rocco assentiu. — Ele pretende me matar e espantar os clientes ao mesmo tempo. Depois, ele estará livre para assumir o negócio dos Racatellis sem que ninguém interfira. Ou eu o mato, ou ele me mata.

— Talvez haja outra forma de resolver isso. Poderíamos lançar um feitiço para imobilizá-lo ou algo assim. — Eu não sabia quais eram os planos de tia Pearl, exceto que certamente incluíam bruxaria. Agora, a péssima ideia dela soava boa. Um feitiço evitaria a possibilidade de violência.

— Mesmo se funcionasse, quanto tempo duraria? — Rocco olhou de soslaio para os guarda-costas, que pareciam mais preocupados com o cardápio do que com qualquer possível perigo. Imaginei se eram os mesmos homens que tinham protegido Carla. Se fossem, a falta de atenção certamente era parte do problema.

— Acho que podemos encontrar uma solução permanente. — Eu não tinha certeza, mas algo dentro de mim queria apenas dizer o que pudesse para que Rocco se sentisse melhor.

A garçonete se aproximou da mesa com as bebidas. Ela era muito jovem e mal parecia ter saído da escola. A mão que segurava a bandeja tremeu visivelmente quando ela colocou as bebidas sobre a mesa.

Rocco sorriu e esperou que ela fosse embora. Quando ela se afastou, ele se inclinou sobre a mesa e falou baixinho: — Tem certeza, Cen? Pode ser perigoso.

— Desde que você nos proteja enquanto preparamos tudo, ficaremos bem. Cuidaremos de Bones para que você possa voltar a cuidar dos negócios. — Apertei a mão dele. O elemento de perigo pareceu aumentar meus sentimentos por ele. Rocco era uma pessoa conhecida e poderíamos construir uma vida confortável juntos. E daí se ele tinha um trabalho nada convencional? Eu também não era uma pessoa convencional.

Afinal de contas, eu era uma bruxa.

Talvez eu simplesmente devesse esquecer Tyler. Como delegado de Westwick Corners, ele seguia regras e leis. Minha família as violava. Ele representava a ordem e nós éramos o caos. Eu só criaria problemas para ele.

Rocco, por outro lado, era um renegado como eu. Tínhamos um terreno comum e nada que minha família fizesse poderia prejudicar a reputação dele.

Ele bateu de leve na minha mão e sorriu.

Sorri de volta.

Dei um pulo quando ouvi um barulho alto no bar. O barulho foi seguido de vidro quebrando. Virei-me na direção do barulho a tempo de ver que a garçonete caíra ao lado do bar. Ela colidira com outra garçonete, que caíra sobre o *barman* obeso atrás do bar. Ele bateu nas prateleiras de vidro logo atrás e tudo caiu como dominós.

— Mas o quê... — Rocco se levantou de um salto. Ele parecia indeciso entre ajudar e possivelmente atrair atenção ou ser discreto.

— Alguma coisa acabou de acontecer. — Coloquei a mão no peito.

— Jura?

— Não, quero dizer que alguma coisa acabou de acontecer comigo. — O barulho alto me devolvera o bom senso.

Olhei para Rocco, que subitamente não era mais tão atraente. Ele só parecia uma versão maior e adulta do meu colega de escola. O torso musculoso se transformara em um homem bruto com uma ligeira barriga de cerveja.

Falei antes mesmo de pensar: — Acho que tia Pearl colocou um feitiço de atração em nós.

— Do que você está falando?

— Essa coisa que estamos sentindo um pelo outro, não é real. O feitiço foi quebrado por aquele barulho. — O feitiço tivera um mecanismo de segurança para garantir que as pessoas enfeitiçadas fossem liberadas em situações possivelmente perigosas. O barulho restaurara nosso bom senso. Pelo menos, o meu.

Rocco franziu a testa. — É claro que é real. — Uma expressão de incerteza invadiu o rosto dele. — Está dizendo que estava fingindo seus sentimentos por mim?

— Não... quero dizer, não eram meus sentimentos de verdade, para começo de conversa. Gosto de você, Rocco, mas não assim. — Percebi chocada que praticamente concordara com um ataque sobrenatural enquanto estava sob a influência do feitiço de tia Pearl. A única coisa que eu queria fazer agora era confrontá-la e repreendê-la.

Mas eu dera minha palavra a Rocco.

Uma promessa que não poderia cumprir.

Rocco pareceu magoado. Ele se virou de costas, confuso.

— Sou eu, Rocco. Não consegue perceber a diferença entre seus pensamentos sobre mim há um momento e agora?

Ele balançou a cabeça negativamente. — Ainda quero que você... — Ele franziu a testa. — Que estranho, esqueci o que ia dizer.

— O feitiço desapareceu. Lamento, mas não posso me envolver em suas atividades criminosas. Pegaremos o assassino de Carla, sim, mas não será com bruxaria. — Eu já estava incerta do que realmente prometera, mas talvez Rocco também estivesse.

— Você precisa me ajudar, Cen. Os capangas de Bones estão me seguindo, só esperando a oportunidade para me matar.

— Tenho certeza de que podemos colocar um feitiço de proteção em você. Vou falar com tia Pearl. — Uma coisa ainda me deixava confusa. — Você herdou o patrimônio de Carla, mas o que acontecerá se morrer? Quem é o próximo na linha?

Rocco fez uma pausa. — O marido dela.

Minha boca se abriu.

— Bones Battilana.

— Tem certeza?

Rocco me lançou um olhar confuso.

— O que quero dizer é: ele já não é o primeiro na linha? O marido vem antes de um filho ou neto, não importa o quanto o casamento é recente. Se for o caso, ele não tem motivo nenhum para matar você. Ele já herdará tudo.

A expressão chocada de Rocco me disse que eu tinha razão. Havia mais alguma coisa acontecendo e eu pretendia descobrir o que era.

Eu também estava furiosa com minha tia. Por causa do feitiço dela, eu praticamente prometera matar um mafioso. Era algo perigoso e ilegal.

Mas uma promessa era uma promessa e eu sempre mantinha minha palavra.

Só precisava encontrar outra forma de fazer aquilo.

CAPÍTULO 14

A situação de Rocco mudara drasticamente nos dez anos desde que eu o vira pela última vez. Talvez o caráter dele também tivesse mudado.

Concentrei-me novamente na história de Rocco. Eu ainda estava atônita com o vasto patrimônio dos Racatellis, do qual o Hotel Babylon, pelo jeito, era apenas uma parte pequena. O patrimônio da família devia valer centenas de milhões de dólares.

Fui direto ao ponto. — Como exatamente o negócio da Racatelli ganha dinheiro?

— Se eu lhe contasse, teria que matá-la. — Rocco sorriu pela primeira vez. — Mas, sério, você não precisa se preocupar com nada disso.

— Não estou brincando, Rocco. Não posso ajudar você a não ser que me conte tudo. — Ao me inclinar para a frente, percebi que estava agindo exatamente como tia Pearl desejara. Eu caíra feito uma pata na armadilha dela.

Rocco tomou um gole da cerveja. — Vovó eliminou a concorrência. Não com medo nem com violência, mas pagando salários e bônus mais altos. Os funcionários eram muito leais a ela. Ela não conseguiu as melhores propriedades. Ao contrário, ela comprou propriedades decadentes e transformou-as em sucesso com muito trabalho duro. Bones não gostou disso. Ele queria o melhor para si mesmo. Mas não era só isso. Bones não gostava de ser superado por Carla.

— Porque ela era mulher?

Rocco deu de ombros. — Acho que sim. Ficou pior depois que ela se casou com ele. Não sei. Vovó me disse que era apenas um casamento de conveniência para ela, mas acho que Bones via as coisas de forma diferente.

Fiquei de boca aberta novamente. — Ela estava usando Bones?

— Por que não? Ele também a usou. Os dois queriam algo do "arranjo" que tinham. — Rocco fez o sinal de aspas com os dedos. — Vovó só queria algo casual.

Nunca me ocorrera que mulheres idosas e grisalhas, como Carla ou tia Pearl, tivessem casos ou que se casassem com pessoas pelas quais não estavam apaixonadas. — Você faz com que isso soe tão sórdido.

— Você parece uma velha de setenta anos. Precisa de um pouco de Las Vegas para relaxar.

Olhei friamente para Rocco, furiosa por ele fazer tal julgamento precipitado a meu respeito. — Estou muito bem como sou, obrigada.

— Vovó era um espírito livre. Ela só queria um caso. Foi Bones quem insistiu no casamento.

Soltei uma exclamação. Aquela certamente não era a Carla de quem eu me lembrava. Por outro lado, eu não a vira desde a adolescência.

— Mas ela acabou se casando com ele. Por que a mudança súbita? — Cônjuges normalmente eram o suspeito número um, mas os casais envolvidos costumavam ser muito mais jovens.

— Vovó achou que isso impediria o aumento na violência, dar o que ele queria. Pelo menos, deixar que ele pensasse isso. Entretanto, ela fez com que ele assinasse um acordo pré-nupcial. Ela estava preocupada que Bones só quisesse se casar para lutar pelo controle do nosso patrimônio.

— Como este hotel? — Muitas pessoas provavelmente queriam entrar para o negócio dos Racatellis. Fiquei surpresa por Bones ter continuado com a ideia do casamento mesmo com um acordo pré-nupcial. Por outro lado, eu não conhecia todos os detalhes legais. Talvez Bones ainda pudesse ganhar algo, mesmo com o acordo. Parecia que Rocco se beneficiara mais com a morte de Carla do que qualquer outra pessoa. Isso se conseguisse manter o patrimônio.

Rocco assentiu, com os olhos cheios de lágrimas. — Ele e mais algumas coisas. Mais tarde, vovó mudou de ideia e tentou cancelar o casamento, mas Bones a ameaçou. Portanto, ela foi em frente. Mas deixou tudo para mim.

— Isso não me parece amor de verdade. — Subitamente, senti pena de Rocco. Criminoso ou não, ele acabara de perder a família inteira. Com ou sem acordo pré-nupcial, Bones obviamente quisera mais do que apenas a afeição de Carla.

— Onde está Bones? Você o viu?

— Eu o evito sempre que possível — respondeu Rocco. — Ele estará no funeral, obviamente... fingindo ser o marido de luto.

— Que constrangedor.

Rocco assentiu lentamente. — Quem fez isso pagará. Mas isso terá que esperar até depois do funeral.

Um garçom trouxe martínis para Rocco, para mim e para os dois caras grandalhões da mesa ao lado, apesar de não termos pedido nada. A última coisa que eu queria ou de que precisava era mais álcool.

Rocco estendeu a mão e encostou na minha. — Sobre o funeral... você estará lá amanhã?

Assenti, sem saber o que dizer. Apesar dos rumores sobre o crime organizado que sempre rodeara a família, eu nunca suspeitara de que Carla tivesse algum envolvimento. Agora eu estava muito interessada. Queria saltar da cadeira e correr até a suíte para descobrir tudo que fosse possível sobre a família Racatelli, suas vidas secretas e mortes súbitas.

O funeral passara a ter um significado novo para mim e eu queria fazer o que pudesse para ajudar Rocco. Não importava que emprego tinha agora, ele ainda era o mesmo garoto com quem eu crescera. Até mesmo criminosos amavam as avós e ninguém merecia morrer pelas mãos de um assassino sangue frio. Além do mais, eu nunca fora a um funeral de alguém da máfia.

Lembrei-me do aviso de Tyler. Desde que eu tivesse cuidado, tudo ficaria bem.

Sorri para Rocco ao beber um gole da bebida. — Estarei lá.

CAPÍTULO 15

— Vale tudo no amor e na guerra — disse tia Pearl. — Mas acho que provavelmente podemos melhorar um pouco as chances de Rocco.

Eu voltara à suíte e encontrara mamãe desmaiada, Christophe cozinhando alguma coisa e tia Pearl olhando intensamente para a TV. Era algum torneio de pôquer.

Cruzei os braços e parei em frente à televisão, bloqueando a visão dela. — Você está perdendo seu tempo com esses feitiços idiotas. Não sei o que fez comigo e Rocco, mas foi desfeito.

— Do que você está falando? Eu não fiz nada. — Tia Pearl fez um gesto de desprezo com a mão. — Agora, saia da frente, não quero perder meu programa. Acho que alguém vai apostar tudo e ganhar.

Virei-me e olhei para a tela. Três homens e uma mulher olhavam intensamente para suas cartas. Era algo mais chato do que uma reprise em câmera lenta de um torneio de golfe. Peguei o controle remoto e desliguei a televisão.

— Ei! Eu estava assistindo!— Tia Pearl tentou pegar o controle remoto da minha mão, mas eu o segurei fora de seu alcance.

— Uma coisa é me sequestrar, mas lançar um feitiço em mim e colocar minha vida em perigo não é aceitável, tia Pearl. Por sorte, o feitiço se desfez. — Já que estava no meio de uma guerra, pelo menos eu queria ter minha consciência completa.

— Você usou o seu feitiço para desfazê-lo? — Ela ficou imediatamente animada. — Viu só? Bastava se aplicar.

— Não fiz nada. O feitiço se desfez sozinho porque não era forte o suficiente. De qualquer forma, não vou aceitar que interfira na minha vida. — Coloquei o controle remoto sobre a mesinha.

Tia Pearl fez uma careta de muxoxo. — Eu só estava tentando ajudar, Cen. Você tem estado tão rabugenta desde que cancelou o casamento que achei que poderia apimentar um pouco sua vida. Você não precisa ser tão ingrata.

Era típico de tia Pearl me lembrar do meu quase casamento com Brayden Banks, que me vendera para encher os próprios bolsos. O dinheiro parecia ser a raiz de todo o mal do mundo. A riqueza de Carla também fora seu fim.

— Não sou ingrata e minha vida é apimentada o suficiente... — Eu falara demais.

Tia Pearl revirou os olhos ao pegar o controle remoto e ligar novamente a televisão. — Você quase me enganou.

— Você nunca deveria ter lançado aquele feitiço em mim e em Rocco. Agora, prometi algo a ele que não posso fazer. — Contei a ela sobre a crença errada de Rocco de que era o herdeiro de Carla. — Ele sabe sobre o casamento, é claro, mas disse que Bones assinou um acordo pré-nupcial.

Tia Pearl riu. — Bones nunca assinaria algo assim. Mas não é nada demais. Pensaremos em alguma coisa.

— Mas como... Rocco está prestes a perder seu sustento. E Bones acabou de ganhar um novo império de negócios. — Recontei a versão de Rocco do romance de Carla, se era que se podia chamar disso, e do casamento forçado. — Rocco me contou que a polícia está tratando a morte de Carla como um acidente.

— Não é possível — respondeu tia Pearl.

— E Bones? Você acha que ele a matou?

— O que tem ele? — O rosto de tia Pearl ficou sombrio. — Deixe para lá. Conversaremos sobre isso mais tarde.

Alguma coisa na voz de minha tia me disse para não insistir, mas insisti mesmo assim. — Carla devia ter muitos inimigos, considerando no que trabalhava. Até mesmo Rocco tinha um motivo.

— Rocco não. — Tia Pearl balançou a cabeça negativamente. — Rocco amava a avó. Mas você tem razão sobre outras pessoas a quererem morta. Eu só queria que tivéssemos chegado aqui antes. Quando as coisas começaram a piorar, ela me pediu ajuda. Mas cheguei tarde demais. — Uma lágrima solitária escorreu pelo rosto dela.

Sentei-me ao lado dela no sofá e apertei seus ombros. Tia Pearl sempre fora um pilar de força para mim, apesar da estatura pequena. Agora, ela só parecia minúscula e vulnerável.

— Por favor, diga-me que você também não é uma mafiosa. — Senti que não conhecia mais minha tia realmente e não aguentava mais segredos. Especialmente algo que envolvesse gângsters perigosos. Estávamos envolvidas demais nos negócios de outras pessoas. E eram pessoas implacáveis, que não se deteriam por nada para se livrarem de nós, caso ficássemos no caminho.

Ela se afastou. — É claro que não. Mas sou amiga de Carla. Com ou sem você, farei de tudo para proteger Rocco. E vingar a morte de Carla. E você, está dentro ou não?

— É claro que estou. — Suspirei. Tia Pearl me manipulara como um violino o tempo inteiro e eu não tinha outra opção além de tocar a música.

CAPÍTULO 16

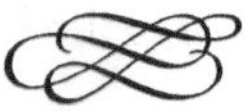

O dia do funeral não poderia estar mais quente. Estávamos no caminho de asfalto, a poucos metros de distância do mausoléu imenso dos Racatellis, muito maior do que os outros lotes do cemitério. Pouco mais de uma dezena de convidados estavam parados em silêncio enquanto esperávamos que o funeral começasse.

Virei-me para tia Pearl. — Bones virá para o funeral? Não o vi.

Ela deu de ombros. — Quem sabe?

Ele certamente tivera um motivo para matar Carla, mesmo com o acordo pré-nupcial em vigor. Com Carla morta, ele tinha um concorrente a menos. Mesmo assim, eu não conseguia imaginar que o próprio marido de Carla perdesse o funeral, mas Bones não estava à vista.

Talvez ele já estivesse fugindo, apesar da alegação da polícia de que a morte de Carla fora um acidente. Ou talvez já estivesse mergulhando os dedos dos pés nas águas do império dos Racatellis enquanto a atenção de Rocco estava voltada para o funeral.

— Diga-me quando o vir — falei.

Tia Pearl estava parada ao meu lado, mas parecia estar a um milhão de quilômetros de distância. Talvez fosse o sol quente ou estivesse apenas ocupada com as lembranças de Carla. Bati de leve no braço dela.

— Sim?

— Quando você vir Bones, mostre-o para mim, ok? — A procissão do funeral estava atrasada e eu estava assando naquele calor. O vestido de lã preto que tia Pearl conjurara para mim era pesado e sufocante. Minhas pernas estavam presas em meias pretas pesadas e sapatos de salto alto pequenos demais, também cortesia de tia Pearl. Como sempre, as escolhas de traje dela se destinavam a me punir e a me incentivar a melhorar minhas habilidades de bruxaria. Da forma típica de tia Pearl, os objetos eram a mensagem. A escolha que ela fizera de lã no deserto fora concebida para me fazer sentir o calor.

— Mantenha a voz baixa, Cendrine. — Tia Pearl estreitou os olhos. — Não diga o nome dele, se não chamará atenção demais.

A gravidade da situação subitamente me atingiu. Eu estava em um funeral de verdade de uma mafiosa. Mas talvez a animação de viver a experiência dos Sopranos na vida real fosse descabida. Poderíamos facilmente ser pegas no fogo cruzado da guerra entre famílias da máfia.

— No fim das contas, talvez tivesse sido melhor não termos vindo ao funeral — disse eu. — E se acontecer alguma coisa? — Quanto mais eu pensava no assunto, menos fazia sentido estarmos em um funeral rodeadas de criminosos conhecidos. — E se aqueles caras do saguão resolverem aparecer?

Tia Pearl deu de ombros. — Mais um motivo para virmos. Rocco precisa de mais do que apenas guarda-costas. Ele precisa de um escudo de magia se quiser sobreviver a este dia.

Ela apertou meu braço de forma reconfortante. — Tudo ficará bem, Cen. Relaxe. Temos que estar aqui. Carla era praticamente da família.

Virei-me para mamãe, que parecia fresca e elegante em um vestido preto de linho sem mangas que ia até os joelhos. Era simples, elegante e muito mais adequado ao clima de Las Vegas do que minha roupa de lã. — Eu mal conheci Carla Racatelli quando ela morava em Westwick

Corners. Ela não sentiu minha falta quando saiu de lá há dez anos. E certamente não notará se eu não estiver em seu funeral.

— Talvez não, mas sua presença fará uma grande diferença para Rocco, sabendo que ele tem o seu apoio. — Mamãe bateu de leve na minha mão.

Rocco. Eu prometera a ele que estaria no funeral. Mas ele tinha tanta coisa na cabeça que provavelmente já me esquecera. Se o feitiço de tia Pearl saíra de mim, certamente saíra dele também. De uma forma estranha, senti-me desapontada.

— E por que Rocco precisa do meu apoio? Eu não o vi nem falei com ele durante anos.

Meu coração bateu mais depressa quando me lembrei da mão dele sobre a minha. Eu estava estranhamente atraída por ele no plano físico, apesar de meu cérebro dizer que era uma pessoa totalmente errada para mim. Talvez o feitiço não tivesse desaparecido totalmente, no fim das contas.

Eu queria Tyler, não Rocco, mas isso não aconteceria até que fosse embora de Las Vegas. Lembrei-me de Tyler quando ele nos parou na rodovia. O sorriso brilhante, a aparência bonita com o uniforme.

Subitamente, percebi que tia Pearl provavelmente sabia da minha atração secreta por Tyler. Talvez ela tivesse me sequestrado não só para ajudar Rocco, mas para me afastar de Tyler. Como delegado, ele era uma pedra no sapato dela. Ela estava sempre testando os limites da lei e metendo-se em encrencas. Ela ficaria horrorizada com a ideia de que eu estivesse namorando Tyler. Mas tínhamos feito o possível para manter nosso segredo escondido de todos, incluindo tia Pearl, portanto, era possível que ela ainda não soubesse de nada.

Ou talvez soubesse de tudo. Eu estremeci.

— Ah, Cen?

— Sim?

— Eu falei que você é uma das pessoas que carregará o caixão? É melhor ir para o seu lugar atrás de Rocco. — Ela apontou para Rocco, que estava com quatro homens mais velhos. Perguntei-me se seriam parentes dos Racatelli. Se fossem, pareciam muito mais velhos do que Carla era.

— O quê? Não! — Subitamente, todos ficaram em silêncio e todos os olhos se viraram para mim. Até mesmo o tráfego na rua ali perto pareceu parar.

— Cendrine West, ande logo, vá para lá. — Tia Pearl me empurrou em direção aos homens. Pela primeira vez, notei o caixão em um suporte atrás deles.

E todos me notaram. Andei até os homens e, como não tinha opção, assumi meu lugar.

Saltei ao ouvir um assovio baixo.

— Psst! — Tia Pearl mostrou o polegar para cima.

Aquilo atraiu a atenção de dois homens grandes, que pareciam jogadores de futebol americano. Eu os reconheci imediatamente, eram os homens da segurança de Rocco. Perguntei-me por que eu deveria ajudar a carregar o caixão, em vez de um ou dois homens musculosos.

Claro.

Eles precisavam manter as mãos livres caso precisassem sacar as armas para proteger Rocco.

Eu estremeci. Qualquer pessoa que atirasse em Rocco miraria na minha direção. Eu estaria logo atrás dele, ajudando a carregar o caixão.

Aquilo era demais para pedir a qualquer pessoa e eu não estava disposta a colocar minha vida em perigo para carregar o caixão de uma chefe do crime. Andei na direção de tia Pearl. Ela estava de costas para mim enquanto conversava com mamãe e não me viu até que bati em seu cotovelo.

— Cendrine West, volte para o seu lugar. Depressa! — Ela arregalou os olhos.

Balancei a cabeça negativamente. — Não, tia Pearl. Meu lugar não é aqui e quero voltar para casa. — Sem carro nem dinheiro para comprar uma passagem de avião, minhas opções eram limitadas. Olhei desesperada para mamãe. Ela não poderia fazer alguma coisa?

Mamãe balançou a cabeça muito de leve, torcendo para que a irmã não notasse.

— Não, você precisa ficar, Cen. — Tia Pearl apertou os lábios. — A procissão precisa de você para ajudar a carregar o caixão. E eu também preciso desesperadamente de sua ajuda.

— Por que eu? — Eu me senti culpada por fazer uma cena em uma ocasião tão solene, mas também senti problemas a caminho. O que tia Pearl pretendia fazer certamente seria perigoso, constrangedor ou ambos.

— Você é uma distração. — Ela prendeu um cacho de cabelos atrás da minha orelha. — Você sabe, para prender a atenção daqueles caras jovens, doidos para atirar, enquanto Ruby e eu fazemos nossa magia.

— Não vejo por quê...

— Não discuta comigo. Lembre-se, torci o tornozelo e você vai assumir meu lugar ao lado do caixão. — Tia Pearl esticou o lábio inferior exageradamente quando um andador surgiu por magia à sua frente. — Essa é a história. Vou compensar você, prometo.

Franzi a testa. — Não me lembro de você ter se machucado. Você parecia muito bem hoje cedo.

— Foi apenas uma encenação, Cen. Olhe para mim, mal consigo caminhar. — O lábio inferior de tia Pearl estremeceu. — Se não ficar no meu lugar, arruinará o funeral de Carla.

— Duvido que ela perceba.

— Ajude-me a sair desta — disse tia Pearl. — Você só precisa caminhar alguns metros e tudo terá terminado.

Discutir com tia Pearl era inútil. Ela sempre vencia as discussões e eu estava cansada demais para lutar.

As outras pessoas que carregariam o caixão me encaravam. Pelo jeito, eu estava atrasando o espetáculo.

Eu não sabia o que era mais horrível: carregar um cadáver em um funeral da máfia ou minha atração aparentemente incontrolável por Rocco. Mas sabia que tia Pearl faria uma cena se eu não atendesse aos seus desejos.

A última coisa que eu queria era uma ligação mais próxima com alguém que operava nos limites da sociedade. Pois, se havia algo que eu sabia sobre a família Racatelli, era que estavam conectados a algumas pessoas muito poderosas no mundo do crime. Pessoas que eu não queria que soubessem da minha existência.

O mais preocupante era a aparente ligação de tia Pearl com a família Racatelli. Ela não mencionara Carla uma única vez desde a saída súbita da família Racatelli de Westwick Corners mais de uma década antes nem era alguém que gostasse de comunicações à longa distância. Havia mais alguma coisa, eu tinha certeza disso.

CAPÍTULO 17

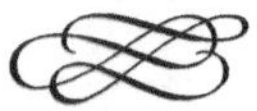

Finalmente, com uma hora de atraso, o funeral começou, sem nenhuma explicação para estar atrasado. Enquanto Rocco e seus guarda-costas aguardavam na limusine com ar-condicionado, tia Pearl, mamãe e eu ficamos no asfalto quente com os demais participantes, esperando que a cerimônia começasse. O sol da tarde era implacável e eu já sentia as queimaduras. Limpei o suor da testa e mudei o peso do corpo de um pé desconfortável para o outro.

Rocco saiu da limusine, rodeado por quatro guarda-costas enormes. Reconheci dois deles, que vira mais cedo, mas os outros dois eu não tinha visto antes. Esperamos enquanto Rocco e os guarda-costas andavam lentamente pelo asfalto até onde estávamos, do lado de fora do prédio.

Era um dia mais adequado para camisetas curtas do que roupas de lã de inverno e senti-me prestes a desmaiar por causa do calor. Eu mal podia esperar para que a cerimônia terminasse.

O coveiro deslizou o caixão sobre o suporte e direcionou os carregadores para seus lugares. Em vez de ficar atrás de Rocco, como planejado, fiquei entre dois homens de aparência frágil com cerca de setenta anos. Os dois eram meio corcundas e pareciam prestes a desabar por causa do calor, antes mesmo de mim.

Eu nunca carregara um caixão e estava extremamente nervosa. Não era o tipo de coisa que se podia fazer sem ensaios. Por sorte, eu ficara em um dos lugares do meio e poderia simplesmente observar os outros carregadores. Todos eram décadas mais velhos do que eu e supus que provavelmente já tinham feito aquilo antes.

Fui para o meu lugar e segurei a alça de metal. O caixão estava à minha direita. Eu não tinha confiança alguma nos outros carregadores, que pareciam que teriam dificuldades em carregar uma sacola de compras por mais de um quarteirão. Só esperei que, juntos, fôssemos fortes o suficiente. A distância até a cova era de apenas cinquenta metros, mas muita coisa poderia dar errado.

Parecia estranho eu ser a única carregadora mulher, particularmente por ser a substituta de último minuto de tia Pearl. Ela era baixa e não conseguiria ter feito aquilo sem usar bruxaria. Para começo de conversa, ela era uma escolha estranha. Todos éramos, considerando todos os homens jovens e fortes à nossa volta. Havia provavelmente cerca de cem pessoas presentes, todas com certeza mais próximas de Carla e Rocco do que eu. Eu entendia por que os guarda-costas não seriam escolhidos, mas e os outros convidados? Por que não tinham sido escolhidos para carregar o caixão?

Limpei o suor da testa com a mão livre ao perceber que tia Pearl planejara aquilo desde o início. Como sempre, ela tinha um plano. Eu só queria saber qual era.

A cada passo, eu ficava mais exausta. Eu me esforcei para manter o caixão de Carla nivelado com os outros carregadores que, apesar de frágeis, eram um tanto mais altos que eu. Mantive os braços desconfortavelmente altos só para manter o alinhamento.

O caixão de Carla era inacreditavelmente pesado e senti que eu poderia cair a qualquer momento. A julgar pelo passo lento, os outros carregadores também estavam com problemas para equilibrar o peso.

Continuamos no ritmo lento pelo asfalto irregular. Contei cada passo ao andarmos e pararmos, repetidamente. Nós nos arrastamos em direção à cova, que ainda estava a pelo menos quarenta metros de distância. Eu sentia mais calor e suava cada vez mais à medida que a alça de metal do caixão se enterrava na minha mão. Estávamos na metade do caminho, mas a dor na mão se tornou insuportável.

Naquele ritmo, talvez eu desmaiasse antes de chegarmos à cova. Olhei para meus companheiros velhos e frágeis, e duvidei de nossa capacidade de chegar ao fim.

Um, dois, três...

Silenciosamente, contei os passos, pensando que chegaria no máximo a cem antes que pudesse colocar a caixa de madeira pesada no chão.

Quatorze, quinze...

O homem à minha frente tropeçou em uma rachadura no asfalto e cambaleou para o lado. Ele caiu de joelhos, ainda segurando o caixão.

Meus joelhos doeram sob o peso e o máximo que consegui foi não cair sobre ele. Instantaneamente, eu me arrependi de não ter continuado com os exercícios de levantamento de peso. Minha perna direita se dobrou quando dei um passo à frente. Aquilo acabou com a minha sincronia com os outros carregadores. Cambaleei por um instante e recuperei o equilíbrio. Todos paramos por um instante quando o peso do caixão mudou de lugar perigosamente.

Alguém ajudou o homem caído a se levantar. Para minha surpresa, ele voltou ao lugar à minha frente. Eu esperara que outra pessoa tomasse o lugar dele, mas ninguém o tomou.

— Uau, isto é pesado — disse eu baixinho. — Carla deve ter engordado muito. — Se algum dos outros carregadores me ouviu, não houve sinal nenhum.

— Prontos? Um, dois, três. — O homem à frente falou alto o suficiente para que eu ouvisse. — Vamos mais devagar desta vez.

Resmunguei. Achei que deveríamos acelerar antes de perdermos o ritmo novamente. Mas não ousei dizer nada.

Obedecemos e percorremos o asfalto em direção ao coveiro como uma coluna militar geriátrica em câmera lenta. O coveiro indicou que virássemos à direita para sair do asfalto e ir para a grama. Andamos pelo solo irregular em direção a uma fileira de túmulos. Era cada vez mais difícil seguir a formação, manter o equilíbrio e segurar o caixão nivelado ao mesmo tempo.

Concentrei-me nos meus passos, colocando um pé na frente do outro.

Conseguimos dar mais alguns passos na grama quando quase perdi o equilíbrio. A alça do caixão se enterrou ainda mais na minha mão, cortando a circulação. Minha mão ficou amortecida e eu não consegui mais sentir a alça. Forcei-me a avançar. Somente mais alguns passos.

Fazia muito tempo desde que eu vira Carla Racatelli pela última vez, mas, mesmo considerando dez anos de refeições fartas em Las Vegas, o caixão era inacreditavelmente pesado.

Isso parecia estranho, pois a Carla de quem eu me lembrava era leve como tia Pearl e mal chegava aos cinquenta quilos. Qualquer ganho de peso seria distribuído pelos seis carregadores e não deveria exigir uma força sobrenatural. Novamente, meus joelhos se dobraram sob o peso.

Minha mão latejou de dor enquanto eu me concentrava no solo, contando os últimos passos e segundos até chegarmos ao local do descanso final de Carla, onde finalmente eu poderia libertar minha mão dolorida.

Um pequeno grupo de homens e mulheres vestidos de preto se reuniu em volta da cova aberta, com o restante da procissão atrás de nós. Aceleramos ligeiramente o passo ao nos aproximarmos.

Menos de dois metros até que minha mão estivesse livre.

Os momentos seguintes foram um borrão quando o fundo do caixão estalou e algo caiu de dentro dele. Congelei no lugar quando o peso mudou.

Uma mulher gritou e apontou na nossa direção.

Olhei para o caixão e fiquei boquiaberta de terror.

Um par de pernas saía do fundo do caixão bem ao meu lado.

Gritei.

Pernas cabeludas. Eram com certeza pernas masculinas que saíam das calças. As pernas estavam presas a um corpo que era inegavelmente masculino, com a barriga mal contida sob um terno preto com riscas de giz.

Não era Carla.

O corpo caiu no chão como um boneco, com o rigor da morte já avançado.

O caixão foi lançado para cima pela redução súbita do peso. Tentei me endireitar. Desta vez, não adiantou. O caixão voou de nossas mãos, caiu de ponta na grama e inclinou-se para o lado. Ele caiu com um barulho surdo sobre o cadáver.

Mamãe gritou e apontou para o caixão. — Não é Carla.

Certamente não era, a não ser que Carla Racatelli tivesse se transformado em um homem com excesso de peso.

Tia Pearl gemeu e caiu para trás sobre a multidão que rodeava o caixão. Dois homens vestindo ternos pretos a seguraram e levaram-na para a parte de trás da procissão, onde ela se encostou no portão.

Uma dobradiça gemeu quando a tampa do caixão se abriu. A pequena Carla Racatelli sorriu serenamente para a multidão, com os braços dobrados sobre o corpo rígido. Por algum motivo, ela permanecera dentro do caixão, pelo que me senti grata.

Dois adolescentes tiraram fotografias com o celular. Estremeci ao pensar no que publicariam no Facebook, no Instagram ou em algum outro *site* de mídia social. Fora preciso a morte para que Carla e o convidado indesejado estivessem prestes a se tornarem virais.

— Ei, guardem o celular e ajudem-nos a endireitar o caixão! — Apontei para os garotos e instruí-os a recolherem o caixão para carregá-lo até a cova.

Eles ficaram tão chocados com o meu grito que relutantemente guardaram o celular no bolso e obedeceram.

— Bem feito — disse um homem corcunda vestido de preto. — Ela recebeu o que merecia.

Uma discussão começou entre dois homens parados atrás de mim, enquanto outros especulavam quem seria o próximo a morrer. O funeral sombrio se transformara em uma competição italiana de gritos e perguntei-me quando começariam a atirar coisas uns nos outros.

Ou pior, pensei, ao notar os guarda-costas de Rocco colocando a mão dentro do casaco.

— O que diabos está acontecendo? — Rocco Racatelli parou em

frente ao agente funerário, bloqueando seu caminho. — O que você fez com minha avó?

— Eu... eu não entendo. Eu mesmo coloquei a sra. Racatelli no caixão. — O agente funerário corou e começou a suar ao se ajoelhar na grama. Ele respirou fundo e fechou a tampa do caixão. — Tudo certo, ela ainda está ali dentro.

— Minha avó pagou previamente um funeral completo — disse Rocco. — Não um negócio escuso de dois por um com um caixão meia boca. Você se arrependerá disso.

Os dois homens que tinham ajudado tia Pearl subitamente se aproximaram do agente funerário. Ele tremeu, visivelmente com medo.

— Agora não, rapazes. — Rocco acenou para que se afastassem.

Tia Pearl subitamente se materializou ao meu lado. — Carla ficaria mortificada. Ela nunca voou na classe econômica. Nunca aceitaria nada tão muquirana como um caixão dividido.

O agente funerário ficou pálido. — Alguém adulterou o caixão. Ele tem um fundo falso.

— Você quer dizer um caixão com dois compartimentos? — Isso explicaria o peso. Juntos, Carla e o homem misterioso provavelmente pesavam mais de cento e cinquenta quilos.

Certamente era uma forma genial de se livrar de um corpo e só funcionara por causa da estatura pequena de Carla.

Pelo menos, quase funcionara.

O corpo de Carla estava por cima e, se não fosse pelo fiasco do caixão, ninguém saberia que ele continha dois cadáveres. Raramente alguém procurava pessoas desaparecidas em um cemitério.

Mas quem era o cadáver não identificado? Alguém devia ter sentido falta dele. — Alguém sabe quem é esse homem?

Todos olharam para mim como se eu fosse idiota.

— Você não sabe? — Rocco hesitou antes de responder. — É Danny Battilana, o "Bones".

— Bones? — exclamei. Não consegui acreditar que aquele homem barrigudo fora quem partira o coração de mamãe. Olhei para ela de relance e vi que assoava o nariz.

— Ah. Eu supus que você o conhecia. — As sobrancelhas de Rocco se arquearam em surpresa.

Balancei a cabeça negativamente, um pouco constrangida por ser a única que não sabia sobre o caso secreto de mamãe. — Eu... ahm... só ouvi falar dele.

A morte de Bones lhe dera um álibi perfeito. A julgar pela condição do corpo, ele estava morto havia mais tempo do que Carla. O buraco de bala no meio da testa dele também sugeria que a morte não tivera causas naturais.

Se Bones não matara Carla, quem matara? Talvez a mesma pessoa matara os dois. Ambos eram chefes das respectivas famílias criminosas, portanto, claramente alguém estava em busca de poder.

Observei a multidão, sentindo-me subitamente vulnerável. O assassino, ou assassina, provavelmente estava ali ao lado da cova. Afastei-me de Rocco, caso ele fosse o próximo alvo.

Dei um salto quando alguém encostou no meu cotovelo. — Mas o quê...

— Cen, pare de ser tão sensível. — Mamãe segurou meu braço. As lágrimas corriam pelo rosto dela, que estava claramente abalada. Ela se apoiou em mim. — Quem faria algo assim?

Eu deveria fingir que não sabia sobre Bones? Olhei para tia Pearl em busca de orientação, mas ela estava ocupada demais com Rocco para notar. Decidi que aquele não era o momento nem o lugar para questioná-la sobre o amante secreto. — Alguém querendo acobertar um assassinato, acredito eu.

— Por que escondê-lo no caixão de Carla? — Mamãe franziu as sobrancelhas. — Parece que estão dormindo juntos.

— Lamento. — Não era minha função contar a ela, mas mamãe não tinha ideia de como estava certa. Eu esperava que ninguém contasse para que ela não ficasse magoada. — Você parece estar aguentando bem.

— Hein? Ah, bom, essas coisas acontecem. — Mamãe deu de ombros. — Não há muito que possamos fazer a respeito.

Eu queria muito saber qual era o relacionamento de mamãe com Bones Battilana, mas não ousei perguntar, caso alguém nos ouvisse.

Quem soubesse do relacionamento entre eles poderia vir atrás dela por supor que ela soubesse dos segredos. Não era preciso ser nenhum gênio para perceber que aquela briga entre mafiosos só aumentaria. Eu precisava encontrar uma forma de acabar com aquela guerra antes que houvesse mais vítimas.

CAPÍTULO 18

Rocco não poupara gastos no funeral de Carla. Havia comida suficiente para alimentar um exército naquele velório. E os participantes mafiosos do velório pareciam ter um apetite muito grande. Um fluxo constante de convidados entrou e saiu da sala do banquete para prestar seus respeitos a Rocco. Ele ficou parado ao lado da porta, conversando com três mulheres que pareciam ter mais ou menos a mesma idade de Carla.

Cerca de uma dezena de pessoas estava em volta de uma mesa grande de bufê, que tinha canapés, sanduíches, doces e frutas exóticas. Mas a maior parte da multidão estava reunida no bar, onde um garçom servia doses generosas de uísque e licores italianos. As conversas ficaram mais altas a cada dose, a maior parte delas sobre o fiasco do caixão de Bones Battilana e sobre especulações de como exatamente ele encontrara aquele fim dramático.

Era difícil ignorar uma bala na testa.

Fiquei em um canto da sala, tentando sem sucesso me misturar às cortinas cor de carvão que cobriam as janelas largas. Além delas, havia uma vista completa do cemitério e da cena do crime ao lado da cova, isolada pela polícia que fazia a perícia e colhia provas.

Estranhamente, a polícia permaneceu do lado de fora. Ninguém entrou para nos interrogar. Tive a sensação de que a polícia já tinha uma lista pequena de suspeitos, a maioria dos quais provavelmente já estava ali mesmo, dentro daquela sala. No entanto, ninguém no interior deu atenção às atividades externas. Os presentes pareciam despreocupados.

Eu ainda estava abalada por ter deixado o caixão cair. Era constrangedor ser o elo mais fraco dentre todos os carregadores, que eram pelo menos quarenta anos mais velhos que eu. Jurei reiniciar a rotina na academia assim que voltasse para casa.

Mas meu deslize tivera uma vantagem. Se não fosse por mim, "Bones" Battilana teria permanecido o suspeito número um na morte de Carla, direcionando a investigação para o lado errado. Agora que ele estava fora da lista de suspeitos, poderíamos nos concentrar em outras pistas, em vez de supor que Danny Battilana era culpado e estava fugindo. Senti-me como uma espécie de heroína por ter "descoberto" o corpo. Estranhamente, ninguém parecia sentir o mesmo.

Eu me senti horrível por mamãe. Uma coisa era descobrir um namorado morto, mas era outra inteiramente diferente vê-lo cair de um caixão. Mamãe se comportara de forma excepcional, com pose e dignidade. No momento, ela estava ao meu lado, comendo a segunda porção de tiramisu.

— Tem certeza de que está bem? — Eu a observei cuidadosamente.

— Por que não estaria? — Ela limpou os lábios com um guardanapo. — Viagem de graça para Vegas, excelente comida e uma cobertura incrível no hotel. O que mais eu poderia pedir?

— Você sabe o que quero dizer. Bones.

— O que tem ele? — Mamãe franziu as sobrancelhas.

— Ele era seu... ahm... amigo, certo? Você não está nem um pouco triste?

— O quê? Eu mal o conhecia, mas nunca consegui entender o que Pearl viu nele. Ela estava apaixonada por ele.

CAPÍTULO 19

amãe e eu estávamos em uma das extremidades do bar, o que nos dava um ponto de vista vantajoso da sala, bem como do trabalho da polícia no lado de fora. Além de vários policiais uniformizados protegendo o lugar, nada parecia estar acontecendo.

Virei-me para mamãe. — Com quantas mulheres Bones estava saindo? Há Carla, tia Pearl e você. — Contei nos dedos. — Esqueci alguém?

— Não, Cen. Como eu disse, nunca saí com Bones — respondeu mamãe. — Eu não aguentava nem olhar para ele. Mas Pearl e Carla eram loucas por ele. Isso provavelmente acabou com a amizade delas. Bones deixou Pearl para ficar com Carla e elas queriam se matar. Se quer saber minha opinião, aquele cara não valia a pena.

Fiquei de boca aberta. — Mas tia Pearl disse...

Mamãe fez um gesto de desprezo com a mão. — Você sabe como ela é. Nunca dá uma resposta direta e constantemente inventa coisas. Ela gosta de criar controvérsias.

Tia Pearl não só mantivera silêncio sobre a rivalidade romântica com Carla, como parecera ter mentido para mim sobre o relacionamento de mamãe com Bones. Eu acreditava mais em mamãe do que em tia Pearl e fiquei aliviada ao ouvi-la negar.

Mas a alegação de mamãe criava um problema: significava que tia Pearl tivera motivos para matar Carla e Bones. Eu sabia que ela não teria coragem de fazer isso, mas ninguém mais acreditaria.

Eu poderia confirmar onde tia Pearl estava durante a viagem no trailer, mas não antes disso. A polícia não poderia ignorar a bala na testa de Bones, o que significava que procuraria suspeitos. Era apenas uma questão de tempo até que concentrassem as buscas em parceiras românticas dele, como tia Pearl.

Virei-me para mamãe. — Você tem certeza absoluta de que nunca saiu com Bones? Nem uma única vez? — Eu queria ter certeza absoluta dos fatos.

— Mas nem morta! Não aguento aquele homem.

— Sshhh. Não queremos que ninguém tenha ideias erradas. — Algumas pessoas no bar olharam na nossa direção, incluindo tia Pearl, que estava na outra extremidade da sala. Ela estava praticamente sentada no colo de um homem de cerca de setenta anos. Ele vestia uma camisa cor-de-rosa cara sob um terno preto com listras da mesma cor da camisa. Pelo jeito, as listras eram um clássico da moda no mundo da máfia. — Quem é aquele homem com quem tia Pearl está falando?

— É "O Homem".

— Hein? — Ela obviamente não passara muito tempo chorando nem velando Bones.

— Manny La Manna, "O Homem" — explicou mamãe. — Pearl está atraída por ele. E acho que é mútuo.

Segui o olhar dela até o lado oposto do bar, onde os dois estavam de braços dados, com os copos erguidos em um brinde. — Tia Pearl também está atraída por ele? Desde quando?

Mamãe deu de ombros. — Desde mais ou menos dois meses atrás. Ela subitamente ficou louca pelos homens, Cen. Não sei o que deu nela. Talvez seja por causa daquelas vitaminas esquisitas que ela toma.

— Vou até lá ver o que ela está aprontando. — Andei até o centro do bar e chamei a atenção do barman. Primeiro, eu queria encher minha taça de vinho com Sauvignon Blanc. Eu precisava de um reforço para arrancar a verdade de minha tia. Eu suspeitava que tia Pearl, mamãe ou ambas tinham mentido sobre Bones e não deixaria o assunto de lado até chegar ao fundo dele.

Tia Pearl se materializou ao meu lado segundos depois. — Não estrague tudo se intrometendo, Cen. Cuide de sua vida e não faça perguntas.

— Achei que tinha sido por isso que você me trouxe até aqui. Para me intrometer. — Eu tinha muitas perguntas que precisavam de respostas. Em menos de vinte e quatro horas, estivéramos em um capotamento de trailer, envolvidas em um tiroteio, descobrimos um homem morto e agora estávamos rodeados pelas pessoas mais procuradas dos Estados Unidos. — Se você não me contar a verdade, talvez alguém conte. Seu amigo, por exemplo. O sr. La Manna.

— Deixe Manny fora disso.

— Mas estou morrendo de vontade de conhecê-lo. Ouvi falar tanto dele.

Tia Pearl arregalou os olhos surpresa. Ela olhou friamente para mamãe e fez o sinal contra mau olhado.

Mamãe apenas deu de ombros, apesar de eu poder jurar que vira um traço de sorriso em seus lábios.

— Eu a apresentarei a ele outra hora. No momento, estou no modo de controle de danos, tentando impedi-lo de ir atrás de Rocco e do império dos Racatellis. Essas conversas sobre fusões estão me matando.

— Manny também é um chefe do crime? — O papel de pacificadora de tia Pearl me surpreendeu. A diplomacia não era o forte dela e agir como o Henry Kessinger do mundo da máfia parecia muito perigoso e completamente desnecessário. Além da total falta de tato e persuasão, era muito improvável que qualquer trégua durasse mais do que algumas horas com aqueles homens.

Tia Pearl assentiu. — Com Carla e Bones fora do caminho, Manny não está perdendo tempo. Ele quer Rocco fora do caminho também. Está disposto a fazer uma oferta generosa, mas não aceitará um não de Rocco.

— Não acredito que você esteja chamando essas pessoas pelo nome. Você acha que Manny matou Carla e Bones? Talvez Rocco seja o próximo. — Eu soei exatamente como minha tia, o que me deixou horrorizada.

— É por isso que é melhor agirmos depressa.

— Não parece que você esteja fingindo esse flerte desavergonhado. Parece estar gostando muito.

— Ora, cresça, Cendrine. Estou fazendo isso com grande sacrifício. É o melhor para todos nós.

Segurei o braço dela. — Não, tia Pearl. Acho que temos que cuidar da nossa própria vida. Vamos embora.

Para minha surpresa, tia Pearl concordou. — Está bem, vamos sair daqui.

CAPÍTULO 20

Olhei em volta em busca de Rocco. Eu queria me despedir, mas sem que ninguém notasse. Se Rocco estava em perigo, eu não queria ficar marcada por associação com ele.

Pensando melhor, a ideia de que eu conseguisse ficar despercebida era boba. Eu já atraíra a atenção de todas as almas vivas acima do solo ao deixar o caixão cair. Como carregadora do caixão, todos suporiam que eu era próxima de Rocco e da família Racatelli.

Rocco me viu e atravessou a sala. — Já se recuperou do tombo?

Senti o rosto corar. — Eu sinto muito por aquilo. Deve ter sido o calor ou algo assim. Acho melhor voltar ao hotel e descansar um pouco. — Eu tinha a desculpa perfeita para ir embora. Além do calor de Las Vegas, a roupa de lã e os carregadores de caixão parceiros geriátricos não tinham ajudado.

— Não foi culpa sua. — Os olhos azuis intensos prenderam os meus.

Acenei na direção do bar. — Carla certamente tinha muitos amigos. — Os convidados pareciam mais alegres do que de luto, mas cada um lidava com a tristeza de forma própria. Os mafiosos provavelmente velavam com mais frequência do que a maioria das pessoas e era compreensível que agissem assim.

— Amigos? — Ele riu. — Estão mais para inimigos, que vieram aqui comemorar a morte da vovó e talvez entrar para o negócio. É um jogo implacável em que as apostas são altas. As pessoas matam para ter uma parte dos negócios. Sem dúvida, o assassino da vovó está entre nós.

— Talvez a polícia reabra as investigações.

Rocco olhou para mim confuso.

— Você sabe, por causa do incidente do caixão. Parece muita coincidência que Carla e Bones tenham morrido de forma tão súbita. Talvez alguém quisesse os dois mortos.

Rocco suspirou. — Provavelmente pelo menos metade das pessoas que estão aqui. Uma ou mais delas sabem o que aconteceu com vovó na piscina. Ela tinha medo de água e nunca chegava perto daquela piscina. Sempre mantinha a piscina vazia. Você viu como aquela coisa era pequena e rasa.

Franzi a testa. — Não.

— É claro que viu, Cen. Você está na suíte dela.

— O quê? Ah, sim, claro. — Chocada, pensei na piscina. Fiquei furiosa com tia Pearl por omitir um detalhe tão importante. Eu nem sonhara com o fato de que nossa suíte era o local da morte de Carla, muito menos que era a cena de um crime. — Talvez devêssemos ficar em outro lugar.

— Não é preciso. A polícia terminou o trabalho na suíte e limpou a cena. É muito seguro lá, na verdade. De certa forma, é melhor. Eu me sinto seguro sabendo que vocês estão protegidas lá.

— Ahm... não estamos em perigo?

— Não, não estão. Mas, para ser sincero, sua associação comigo traz alguns riscos. Avisei Pearl sobre isso, mas ela insistiu que não era problema.

Entretanto, tia Pearl tinha outro problema. Eu. Ressenti-me da falta de transparência dela e pretendia confrontá-la.

— Mas, se a polícia acha que foi um afogamento acidental e não foi, isso significa que há um assassino à solta. Talvez Bones tenha sido morto pela mesma pessoa.

— É possível, mas nunca saberemos.

A polícia podia racionalizar um corpo em uma piscina, mas um cadáver em um caixão de outra pessoa, com uma bala na testa, era outra história. — Mas a polícia não pode simplesmente descartar...

— A polícia é comprada. — Ele fez um gesto de indiferença. — Eu sei o que está pensando. Bones Battilana era um alvo óbvio. A polícia encontrará um jeito de fechar o caso dele também. Talvez coloquem a culpa em outro cara morto. Alguém quer um pedaço do nosso negócio lucrativo e o dinheiro fala muito alto.

— Isso parece um tanto extremo. — Nunca se falara sobre o negócio da família Racatelli em Westwick Corners, especialmente porque tínhamos a noção vaga de que ele envolvia atividades ilegais e não queríamos nos envolver. Nossa cidadezinha tinha uma política de "não pergunte, não fale" em relação a coisas desse tipo. Ainda assim, a referência direta de Rocco às atividades da família no mundo do crime me surpreendeu.

Rocco olhou para a área da cova com a fita de isolamento da polícia. — A coisa mais fácil que a polícia poderia fazer é comprometer a cena do crime. Provavelmente, é o que estão fazendo agora, eliminando qualquer possibilidade de que haja provas suficientes para acusar alguém.

— Um encobrimento? — Eu não estava convencida de que a polícia prejudicaria a investigação de forma proposital. Mas talvez as coisas fossem diferentes em Las Vegas. — Bones tinha uma bala na testa. Eles precisam pelo menos investigar isso.

Rocco assentiu. — E investigarão, mas farão um trabalho superficial. Ou tentarão me acusar.

— Mas que motivo você teria... — Eu tive a resposta antes mesmo de terminar a frase. Como novo marido de Carla, Bones ficava diretamente no caminho de Rocco no controle dos negócios da família Racatelli. — Deixe para lá.

— Por que Carla tinha uma piscina se tinha tanto medo de água? — Fiz uma careta ao perceber como escolhera mal as palavras antes mesmo que elas saíssem da minha boca, mas Rocco não pareceu se importar.

— A suíte da cobertura já tinha a piscina quando compramos o hotel. Ela insistiu em morar no hotel. Não há como eliminar uma piscina de um arranha-céu de concreto. Tapá-la ficaria feio, portanto, vovó simplesmente a mantinha vazia. Exceto, claro, no dia em que ela morreu. Naquele dia, a piscina estava cheia. É por isso que acho que foi uma armação. — Rocco fez uma pausa e seu olhar ficou distante. — Pelo menos, fui eu quem a encontrou.

— Eu lamento muito, Rocco.

— A polícia pode alegar que foi um acidente, mas sei que não. Foi um ataque mafioso.

Eu tinha tantas perguntas que nem sabia por onde começar. Por enquanto, eu me esquecera de que queria ir embora. — Talvez não seja tarde demais para pedir uma autópsia. Considerando as circunstâncias... — Olhei para fora. Certamente, a descoberta de Battilano exigia uma investigação adicional e a cova ainda não fora tapada.

Ele deu de ombros, com as mãos viradas para cima. — Mesmo se fizessem isso, provavelmente não divulgariam os resultados. Eles são esquivos e acho que sei o motivo.

— Precisamos de um relatório de autópsia, Rocco. — Apesar do meu plano de cuidar da minha própria vida, eu também queria justiça.

pesar das minhas melhores intenções, fiquei na recepção do funeral. Permaneci em um canto da sala com Rocco. Não consegui evitar. Senti-me atraída por ele novamente. Talvez tia Pearl tivesse renovado o feitiço. Mas não era apenas a atração física que me aproximava de Rocco. Agora eu sentia pena de verdade.

Depois que os convidados prestaram homenagem, as coisas começaram a ficar um pouco mais interessantes. Todos estavam ficando bêbados em volta do bar.

Tia Pearl e mamãe não pareceram se importar. As duas estavam um pouco cambaleantes depois de tomar vinho em excesso.

— Está vendo aquele cara lá? — Rocco apontou para o homem com quem tia Pearl conversava mais cedo. Ele deixara o bar e estava ao lado da mesa do bufê, enchendo o prato com uma segunda porção de sobremesa. — É Manny La Manna, "O Homem". Ele está tentando se livrar da concorrência e tomar nosso negócio.

La Manna não parecia agressivo, nem mesmo na fila do bufê. Ele mal tinha um metro e meio de altura e a presença física não era suficiente para intimidar alguém, muito menos para avançar no território de outra pessoa. Mas imaginei que ele provavelmente fazia com que outros realizassem o trabalho sujo.

— É aquele? — Assenti, sem querer que ele percebesse que eu já sabia quem era Manny. Observei quando o homem lambeu os dedos e limpou as mãos no terno listrado. Eu não consegui entender o que tia Pearl vira de tão atraente nele. Além da ocupação dúbia, ele tinha uma etiqueta péssima, algo que, estranhamente, tia Pearl valorizava muito. O envolvimento dela com um chefe do crime me deixou assustada. — Você acha que ele estava envolvido?

— Sem dúvida.

— E todos esses apelidos esquisitos?

Observamos enquanto Manny voltava para o bar com um prato cheio de tiramisu.

— Todos têm um apelido. É para proteção em caso de bisbilhoteiros ou vigilância policial.

Aquilo praticamente confirmava as atividades criminosas deles e, como era Las Vegas, provavelmente envolvia algo como jogo ilegal ou lavagem de dinheiro. Pareceria insensível pressionar Rocco no momento para obter detalhes, portanto, perguntei sobre os negócios de Manny La Manna. Considerando os planos hostis de tomada de controle de Manny, eles deviam estar na mesma linha de negócios. — Qual é o negócio dele?

— Agiotagem, extorsão, lavagem de dinheiro e por aí vai. Praticamente tudo o que acontece aqui nos bastidores.

Concentrei-me novamente em Manny, que estava parado ao lado do bar. Ele atacou o tiramisu com tanta vontade que quase esperei que lambesse o prato.

Subitamente, o homem parado ao lado de Manny chamou minha atenção.

— Eu conheço aquele homem. — Apontei para Christophe, que estava parado ao lado de Manny. — Estou surpresa em ver nosso mordomo no funeral. Mas suponho que faça sentido, afinal, ele era o mordomo de Carla.

— Mordomo? — Rocco franziu a testa. — Vovó não tinha um mordomo.

— Ele está incluído na suíte. Pelo menos, foi o que nos disse.

Rocco me olhou confuso. — Crisco não deveria estar na suíte. E ele não é mordomo coisa nenhuma.

— Crisco? Que tipo de nome é esse?

— Não queira saber. Crisco trabalha para Manny. Ele faz todas as coisas que ninguém mais aceita fazer. — Rocco coçou o queixo pensativo. — Talvez isso não seja tão ruim. Se ele está na suíte, talvez você possa ficar de olho nele.

Manny parecia ter tentáculos por toda parte e, pelo jeito, isso se estendia até mesmo à minha família. Estremeci, apesar do calor.

Meu coração bateu mais depressa. Fosse qual fosse o motivo de Christophe para estar na nossa suíte, não tinha nada a ver com canapés nem coquetéis. Ele queria algo de nós. — Não. Precisamos sair de lá. Tenho que avisar mamãe e tia Pearl.

Rocco segurou meu braço. — Você não pode fazer isso. Isso o alertará. Além do mais, ele não está atrás de você, está atrás de mim. Ele acha que voltarei à suíte.

— Mas e se ele...

— Ele não se importa nem um pouco com você e sua família, Cen. Sem querer ofender, mas ele provavelmente está preparando uma armadilha para mim. Só me dê um pouco de tempo antes de fazer alguma coisa. Você precisa ficar lá. Caso contrário, ele ficará desconfiado. Fique de olho nele até que eu tenha um plano. Não posso deixar que ele chegue em mim.

— Isso não faz o menor sentido. Ele está bem aqui, no funeral. Pode chegar em você agora mesmo, se quiser.

Rocco me conduziu até o corredor. — Ninguém vai me matar à plena vista em um funeral. Há testemunhas demais. Além do mais, é um funeral. Há algumas linhas que nem mesmo esses caras cruzam.

Não acreditei nos argumentos de Rocco. Qualquer mafioso manteria a boca fechada. Se um ataque da máfia não fosse motivo suficiente para *omerta*, um código de silêncio, eu não sabia o que seria.

A raiva me invadiu. — Como pôde nos colocar naquela suíte sem dizer nada?

— Pearl já sabia do plano e Crisco não é nada demais. Vocês ficam de olho nele enquanto eu me concentro em Manny.

— Não sei, não. Christophe já pode estar à nossa frente. — Lembrei-me da bebida potente de Christophe, um método excelente para neutralizar um trio de bruxas. E como ele tivera acesso à suíte? Havia quanto tempo que tinha acesso? Talvez ele tivesse matado Carla.

Christophe podia nos ter sob sua mira, mas também poderíamos encurralá-lo.

— Só tenha cuidado — disse Rocco. — Mas preciso de toda ajudar que conseguir. O plano de Manny é muito claro. Primeiro vovó, depois Bones Battilana. Isso significa que sou o próximo na lista dele. Depois que ele se livrar de todos nós, Las Vegas inteira será dele.

Aquilo parecia um pouco complicado, mas Rocco parecia saber do que estava falando.

Concentrei-me novamente em Christophe, mas ele não sorria mais para mim. O sorriso dele se transformara em uma careta direcionada a Rocco. Christophe inclinou a cabeça e falou com Manny, que também encarou Rocco. Manny cutucou um homem forte que se juntara a eles. O homem passou o dedo pela garganta.

Os três homens riram.

Tive a sensação de que não teria vontade de tomar os coquetéis arrasadores de Christophe por muito tempo.

CAPÍTULO 22

Saí do elevador logo atrás de mamãe e tia Pearl. Ao entrar no saguão de mármore, fiz uma pausa. Eu precisava de um momento para organizar os pensamentos. Fui confrontada pelo casal da era Capone na pintura a óleo. Eles pareciam olhar diretamente para mim. Imaginei que fossem os pais de Carla ou de Tommy. Os olhos azuis intensos da mulher eram iguais aos de Rocco e o homem parecia irmão gêmeo dele, vestido com roupas dos anos 1930.

Nossa suíte parecia mais uma prisão do que um refúgio, mas era tarde demais para voltar atrás. Gostando ou não, estávamos comprometidas em ajudar Rocco.

Meus ombros relaxaram quando observei a suíte. Christophe não estava à vista, mas imaginei que chegaria a qualquer momento.

Senti um arrepio na espinha. Os motivos para que Christophe quisesse ficar por perto tinham que ser analisados. Quase tive uma crise nervosa ao pensar em confrontá-lo. Não era o que Rocco queria, mas eu precisava saber o que estava acontecendo e perguntar parecia ser a única opção. Precisávamos de um plano e tínhamos que agir depressa.

Tia Pearl se jogou no sofá, cansada, mas parecendo relaxada e despreocupada. Mamãe cambaleou em direção às portas do pátio, rindo depois de beber demais na recepção do funeral.

O ar-condicionado da suíte me refrescou, mas não ajudou a acalmar meus nervos. Fui para o andar de cima, onde tirei a roupa de lã desconfortável e vesti uma bermuda e uma camiseta. Coloquei minha mala sobre a cama e joguei meus pertences dentro dela. Eu queria estar com a mala arrumada e pronta para partir sem aviso. Obviamente, talvez Christophe não voltasse, mas as chances disso eram pequenas. Manny queria se livrar de Rocco e qualquer confidente de Rocco provavelmente também era alvo. Poderíamos ser usadas como peças ou coisa pior. Eu tentara convencer mamãe e tia Pearl disso no caminho de volta para o hotel, mas elas disseram que aquilo era ridículo.

Com ou sem mamãe e tia Pearl, eu estava determinada a voltar para casa. No que me dizia respeito, Rocco estava por conta própria. Somente ele poderia se livrar da vida criminosa que escolhera. Eu tinha muitas reservas em deixar mamãe e tia Pearl no meio de uma guerra da máfia, mas não tinha como impedi-las.

Lembrei-me do que Rocco dissera sobre a avó e a causa da morte dela. Supostamente, Carla se afogara, mas fora encontrada com o rosto para cima na piscina. Aquele mesmo detalhe me incomodara antes, mas só agora eu percebia o motivo.

Vítimas de afogamento normalmente ficavam com o rosto para baixo. O afogamento necessariamente envolvia estar imerso na água ou com o rosto virado para baixo. Um corpo flutuava naturalmente na mesma posição em que morrera, a não ser que fosse mexido. Pessoas mortas não se viravam, a não ser que houvesse uma corrente ou algo mais que as movesse.

Ou outra pessoa.

Isso validava a alegação de Rocco. O que também me alarmou, considerando que a única pessoa com acesso não autorizado à suíte de Carla deveria retornar a qualquer momento.

Fechei a mala e desci a escada. — Tia Pearl!

— O que foi agora?

— Já que você se recusa a ir embora, precisamos pelo menos nos livrar de Christophe. Ele não pode ficar conosco. — Contei a ela as alegações de Rocco. Agora que a fachada de mordomo fora descoberta, eu esperava algo mais sinistro dele do que coquetéis.

Tia Pearl riu. — Não seja ridícula. Chris é inofensivo. Ele só faz o que Manny lhe diz para fazer.

Ergui as mãos em objeção. — É esse o problema todo. Christophe trabalha para Manny, que quer matar Rocco. — Não consegui me forçar a chamá-lo de Crisco. Era assustador demais.

— ... e Manny faz o que eu quero que ele faça. — Tia Pearl prendeu um cacho de cabelos grisalhos atrás da orelha e piscou para mim.

— Por que você está romanticamente envolvida com um mafioso? — Joguei as mãos para o ar. — Isso é sério, tia Pearl. Estamos no meio de uma guerra e vamos nos machucar. Você acabará matando todas nós.

— É claro que é sério. Estamos aqui por um motivo, Cen: encontrar e prender o verdadeiro assassino.

Inclinei a cabeça na direção do pátio, onde mamãe estava sentada no chão com os pés dentro da piscina. A mesma piscina em que Carla encontrara seu fim. Estremeci.

— Ela está bem. — Tia Pearl ergueu um dedo. — Só um segundo.

Eu a segui até a cozinha. — Só porque a polícia não está fazendo seu trabalho, não significa que nós devemos fazê-lo. Poderemos morrer por isso. O que não traz Carla de volta.

— Só vamos começar. Daremos um empurrãozinho nos policiais. — Ela tirou dois copos do armário e estalou os dedos. Uma jarra gelada de margarita de morango lentamente se solidificou à nossa frente.

Todo aquele consumo de álcool não poderia ser algo bom, pois amortecia os sentidos e nossos poderes sobrenaturais.

Tia Pearl serviu dois copos e empurrou um na minha direção. — Todos os policiais são iguais.

Ignorei o copo e a referência dela a Tyler. Eu era a única ali que tinha um pouco de sanidade e não podia deixar que o álcool a comprometesse. — Não somos páreo para o crime organizado.

— No mínimo, eu diria que a operação de Rocco é crime "desorganizado". Quem fez isso tem que pagar, não há dúvidas. Nem mesmo Jimmy Hoffa teve que dividir um caixão. — Os olhos de tia Pearl ficaram úmidos quando ela ergueu o copo até os lábios, bebeu tudo de um só gole e colocou-o sobre o balcão com força. — Por onde eu começo?

Acenei para que ela me seguisse e voltamos para a sala de estar. Olhei para fora, vendo que mamãe ainda estava sentada ao lado da piscina. Ela parecia alegre e relaxada, não de coração partido. Por outro lado, olhando para trás, ela agira de forma um pouco estranha nos dias anteriores. — Diga-me depressa, antes que mamãe volte para dentro.

As histórias de mamãe e de tia Pearl não coincidiam, portanto era possível que uma delas estivesse mentindo. Ou as duas.

Tia Pearl revirou os olhos. — Como eu lhe disse antes, Bones conquistou o coração de Carla. Ele a arrebatou e casou-se com ela em um período de cerca de três semanas.

Balancei a cabeça negativamente. — Mamãe acabará descobrindo sobre isso tudo. Estará no noticiário.

— Sim. O casamento secreto de Carla será exposto. Bem como o fato de que o patrimônio de Carla Racatelli se tornou propriedade da comunidade.

— Bones o herdou, em vez de Rocco? — exclamei. — Você quer dizer que ela manteve o cassino em seu nome, e não no nome de uma corporação? Como ela pôde ser tão...

— Idiota? Não sei, Cen. O amor faz com que as pessoas ajam de forma idiota às vezes. Danny era um verdadeiro charme. Não é possível entender o efeito que ele tem nas mulheres até conhecê-lo pessoalmente. É claro, agora é muito tarde para isso. — Ela tirou uma fotografia da bolsa. — Esses caras não gostam de ser fotografados, mas consegui tirar uma fotografia de todos nós em um encontro duplo. Isso foi meses antes de Danny deixar Ruby por causa de Carla.

Peguei a fotografia da mão dela. Mamãe e tia Pearl estavam em um show em Vegas. Estavam sentadas em uma mesa na primeira fileira com dois homens. Um era Manny La Manna e o outro era Danny "Bones" Battilana, que acabara com um buraco de bala na testa.

Manny estava sentado ao lado de tia Pearl, vestido casualmente com uma camisa esportiva, enquanto que Bones estava impecável com uma camisa de linho branca e blazer. Ele sorria para a câmera, com o braço em volta de mamãe. Ela estava encostada nele, exalando amor e felicidade.

Meu coração bateu mais depressa. Apesar da negação de mamãe, parecia que ela e Bones tinham tido, no mínimo, um relacionamento romântico. E os dois pareciam felizes. Mas, alguns meses depois, Bones se casara com Carla. No fim das contas, eu precisava daquela margarita. Peguei o copo e tomei um gole.

— O que Rocco achou quando Bones começou a sair com a avó dele?

— Não ficou muito contente. Ele tentou avisar Carla, que não lhe deu ouvidos, achando que Rocco só estava chateado por ela estar namorando novamente.

— Rocco tinha um motivo para matar Bones — comentei. — Ele queria o controle.

Tia Pearl assentiu. — Rocco resistiu e foi isso que começou o tiroteio no saguão. Bones queria espantar os funcionários do Hotel Babylon e trocá-los por seu próprio pessoal. Com isso, ele conseguiria controlar tudo.

— Parece que não deu muito certo para Bones. Só que Bones não estava no saguão esta manhã. Já estava morto. — Franzi a testa. — Se ele já estava morto, por que aconteceu o tiroteio?

Tia Pearl deu de ombros. — Os homens dele só estavam seguindo instruções.

Lembrei-me do corpo. — Deviam ser instruções antigas, pois Bones parecia ter morrido há algum tempo. — Cobri a boca com a mão. — Rocco pode ter matado Bones. Ele tinha um motivo.

— É verdade.

— Você não parece muito preocupada.

— Estou mais preocupada em saber quem morreu primeiro, Bones ou Carla — respondeu tia Pearl. — Se Bones foi assassinado em um ato de vingança por Carla, Rocco tem um problema. Isso significaria que Bones morreu depois de Carla. Ele seria o herdeiro de Carla, não

Rocco. Mas tenho certeza de que você provará que não foi o que aconteceu.

— Eu?

— Você é boa nesse negócio de investigação e tem contato com a polícia. Conseguirá nos afastar dos problemas bem depressa.

Foi a única vez em que tia Pearl mencionou o delegado Tyler Gates e eu não tinha certeza do motivo. Ele trabalhava em Westwick Corners, não em Las Vegas, e eu não consegui entender o que isso tinha a ver com o assunto.

— Não, tia Pearl. Precisamos de verdade sair daqui. — Abaixei a voz até que fosse um sussurro. — E Christophe? Aquele cara me assusta.

— Não seja boba. Christophe está muito ocupado preparando coquetéis e aperitivos para planejar assassinatos. No entanto, ele bem que poderia ajudar Ruby no negócio dela.

Imaginei Christophe atendendo no nosso bar em Westwick Corners e rapidamente afastei a ideia. — Isso é ridículo. Não gosto da ideia de você socializando com aqueles mafiosos. É perigoso.

— Você está exagerando. Crisc... quero dizer, Christophe só está aqui para nos proteger, Cen. Manny o mandou para cá para cuidar de nós.

— Tem certeza disso? Esta suíte tem muita segurança e aposto como Rocco...

— Rocco não sabe o que está fazendo no momento. Ele está distraído demais. Além do mais, eu não disse que acreditava em Manny. Só estou concordando com ele para não acabar com o meu disfarce.

— Agora você é uma espécie de agente secreta?

— Você percebe as coisas depressa, Cen. — Tia Pearl revirou os olhos. — Mantemos os amigos perto e os inimigos ainda mais perto.

CAPÍTULO 23

O olhar de tia Pearl se perdeu no espaço. — Ruby não queria que você descobrisse sobre Danny, mas não tenho mais ninguém em quem posso confiar. — Ela se levantou e aproximou-se o suficiente para que eu sentisse o cheiro de álcool em seu hálito. — Temos que contar a Ruby a verdade sobre o namorado dela. Vai doer, mas talvez ela veja o lado bom. Bones estava saindo escondido com Carla, mas só para tirar vantagem do cassino dela para lavar dinheiro.

— Não vejo como o motivo dele de lavar dinheiro fará com que ela se sinta melhor. — Lembrei-me da recepção do funeral. Descobrir que o namorado se casara com outra pessoa arruinaria o dia de qualquer pessoa. — Mamãe ainda ficará chateada. Por que temos que contar alguma coisa a ela? Ele está morto agora e nada disso importa mais.

— É claro que importa — retrucou tia Pearl. — Agora, vamos voltar para Carla. Ela impediu Danny de lavar o dinheiro dele.

— Consigo entender o motivo — respondi. — Carla provavelmente tinha que lavar o próprio dinheiro. Adicionar mais dinheiro talvez fizesse com que ela fosse pega. — Excelente, agora eu estava pensando como uma criminosa. — Bones foi inteligente ao se casar com Carla. Como esposa dele, ela nunca poderia testemunhar contra ele em um tribunal.

— Olhe onde ele foi parar com isso, Cen. O cara está morto. — Tia Pearl fungou. — Bones não é o marido de verdade de Carla. Nunca foi.

— Mas o casamento em Las Vegas...

— Foi um embuste. Carla é... quer dizer, era uma pessoa esperta. — Os olhos de tia Pearl ficaram úmidos e faltou-lhe a voz. — Ela sabia exatamente o que Bones estava fazendo. Foi por isso que ela teve a ideia de um casamento falso. Bones acharia que estavam casados e isso daria um pouco de tempo a Carla. Ela queria evitar uma guerra completa.

— Deu muito certo.

— Carla deixava que Danny bebesse e comesse com ela, sabendo o tempo todo o que ele queria. Depois, ela providenciou um casamento rápido, completo, com testemunhas e papeladas falsas. Só ele achou que era de verdade. Parecia uma boa ideia. Mas talvez tenha sido tarde demais.

— Bones... quero dizer, Danny deve ter descoberto, de alguma forma, e matou Carla.

Tia Pearl fungou. — Quem sabe? Ainda não temos provas sólidas que apontem para alguém. Bones tinha um motivo, mas a morte dele é um álibi muito sólido.

— Depende de quando ele morreu. — Era verdade que o cadáver de Bones estava em pior estado que o de Carla, mas talvez houvesse um bom motivo. — O corpo de Carla foi embalsamado, mas imagino que o de Bones não tenha recebido o mesmo tratamento. O cadáver dele foi simplesmente jogado no fundo do caixão de Carla.

— E daí?

— Parece que ele morreu antes, mas é só porque não recebeu o embalsamento após a morte, nem a maquiagem e o que mais os agentes funerários fazem. — Olhei para fora e fiquei alarmada quando não vi mamãe. Respirei fundo, achando que estava exagerando. O pátio envolvia a suíte em três lados e ela provavelmente só estava aproveitando a vista.

Virei-me novamente para tia Pearl. — Eu queria que fizessem autópsia em Carla. O afogamento não faz o menor sentido.

— Isso é fácil de providenciar. Seu desejo é uma ordem. — Tia Pearl moveu a mão no ar e olhou para o teto. — Vejo que você finalmente está conosco, Cen. Antes tarde do que nunca.

Uma pilha de papéis caiu do teto sobre o meu colo. Coloquei as folhas em ordem. — Você acabou de criar essas folhas?

— Não seja ridícula. Eu nunca faria isso.

— Mas o médico legista não fez...

— Fez sim. A autópsia foi encoberta, como todo o resto.

Levantei o relatório da autópsia. — Onde você conseguiu isto?

Tia Pearl só revirou os olhos. — Não importa. Leia o relatório enquanto vou dar uma volta no cassino.

— Nada de jogar, tia Pearl. Você sabe o que acontece. — A impulsividade de tia Pearl e o problema que ela tinha com jogos de azar eram uma combinação mortal. Mesmo se o bilhete vencedor da loteria fosse real, ela provavelmente gastara uma pequena fortuna para conseguilo. Bruxas podiam conjurar praticamente qualquer coisa, exceto dinheiro vivo. No entanto, um bilhete vencedor da loteria era quase a mesma coisa que dinheiro vivo. Conjurar um bilhete assim era o mesmo que uma falsificação sobrenatural. Era grave o suficiente para que ela fosse banida para sempre da WICCA.

Minha tia quebrava regras pequenas aqui e ali, mas nunca colocaria em perigo seu status de bruxa, por nada. Por outro lado, jogadores compulsivos tinham que alimentar o vício, o que talvez estivesse fora do controle dela.

Tia Pearl deu de ombros. — Que seja. Posso jogar ou não. Mas não se esqueça de que ganhei na loteria. Tenho dinheiro para jogar, se quiser.

Eu estava prestes a perguntar a tia Pearl pela enésima vez quando ela ganhara quando mamãe gritou.

— Socorro!

Corremos para fora e encontramos mamãe mergulhada até a cintura na piscina. Os cabelos estavam encharcados e a maquiagem escorria pelo rosto. Ela devia ter caído dentro d'água.

— Como você...? — Estendi a mão.

— Não sei. Acho que peguei no sono. Quando vi, estava caída dentro da piscina. — A fala dela estava embaralhada e ela batia os dentes, apesar do calor.

Nós a tiramos da piscina e tia Pearl pegou uma toalha para colocar em volta dos ombros dela.

Mamãe se inclinou para o lado. — Ai... acho que torci o tornozelo quando caí na piscina.

A queda dentro da piscina era mais uma prova de que mamãe não estava em sua condição normal e cuidadosa, apesar de eu não lembrar de tê-la visto beber mais do que um ou dois copos no funeral. Certamente não era o suficiente para desmaiar, apesar de eu ter percebido que ela estivera cambaleante. Fosse qual fosse o motivo, era completamente incomum.

Estremeci ao perceber o perigo que ela correra. Um acidente na piscina era o suficiente, se realmente fora um acidente.

Tia Pearl e eu pegamos cada uma um braço dela e levamos mamãe até o sofá, onde ela imediatamente pegou no sono. Pelo menos, estava respirando normalmente. Coloquei um travesseiro sob a cabeça dela e cobri-a com um cobertor.

Concentrei-me novamente nos resultados da autópsia de Carla. Era uma leitura chata, especialmente porque eu não estava familiarizada com muitos dos termos médicos. No entanto, uma coisa ficou clara: a verdadeira causa da morte de Carla não fora o afogamento.

De acordo com o relatório, os pulmões de Carla não continham água, o que significa que já estava morta quando entrara na piscina. Folheei o relatório até chegar à seção que indicava a causa da morte. A médica legista declarara que a morte fora homicídio por estrangulamento.

Olhei para tia Pearl, que calçava os sapatos para ir ao cassino. — Espere. Você leu o relatório?

— Como poderia ter lido? Ele esteve com você o tempo todo. — Ela andou até o sofá e sentou-se no apoio de braço ao meu lado. — Por quê?

— Olhe só isso. — Apontei para a seção que indicava a causa da morte. — Carla foi estrangulada. O acidente na piscina foi armado para parecer que ela se afogou.

— Eu já tinha dito que era um encobrimento. Não foi um acidente.

— Sei que disse, tia Pearl, mas eu tinha suposto que os resultados da autópsia também diziam que a morte dela tinha sido um acidente. — Ergui os papéis. — Isso prova um encobrimento, mas apenas pela polícia, não pela médica legista. Como e por que a polícia está encobrindo isto? — Virei-me para tia Pearl, mantendo a voz baixa para não acordar mamãe.

— Alguém comprou a polícia.

— Pode ser, mas por que a médica legista não se manifesta?

Tia Pearl deu de ombros. — Ela também foi comprada.

Balancei a cabeça negativamente. — Não. Se tivesse sido comprada, o relatório da autópsia teria considerado a morte de Carla como um acidente. Acho melhor fazermos uma visita à médica legista.

Tia Pearl arregalou os olhos. — Ela também está em perigo.

Assenti ao olhar para o relógio. Já passava das sete horas da noite. — Já passou do horário, acho que teremos que esperar até amanhã.

— Enquanto isso, temos que proteger Rocco — disse tia Pearl. — Coloquei um escudo protetor nele pelas próximas vinte e quatro horas. Só outra bruxa poderá removê-lo.

Tia Pearl era obstinada e impossível de deter quando tinha um objetivo e naquela noite não foi diferente.

— Rocco não precisa de proteção, tia Pearl. Pare e pense um pouco. As pessoas estão morrendo como moscas, mas ele permanece ileso. Por quê? — Agora que o feitiço de atração de minha tia desaparecera, eu conseguia pensar de forma mais clara. Tia Pearl colocara um escudo muito forte em volta de Rocco ou ele estava envolvido de alguma forma.

— Só teve sorte até agora, acho. — Tia Pearl evitou meu olhar. — Mas a sorte só leva uma pessoa até certo ponto.

— Não é sorte. Ele provavelmente está envolvido, pelo menos na morte de Bones.

— Como você pode acusar o coitado do Rocco? Ele é apenas mais uma vítima em tudo isto. — Ela balançou a cabeça, mostrando desapontamento.

— Você não está sendo objetiva, tia Pearl. Suas emoções estão levando a melhor.

Tia Pearl parou à minha frente. — Tenho que honrar minha promessa, Cen. Foi o desejo de Carla que eu cuidasse de Rocco.

Balancei a cabeça negativamente ao me lembrar de Rocco e dos guarda-costas armados. — Rocco não precisa de você. Ele tem idade suficiente para se cuidar. Espere um minuto. Você não é...

— Madrinha dele. — Tia Pearl terminou minha frase. — Quando solucionarmos esta coisa e prendermos o assassino, precisamos ajudar Rocco a ir em frente. Ele precisará de meu conselho em seu novo papel de chefe dos negócios da família Racatelli.

Eu esperava muito que ela quisesse dizer "madrinha" não no sentido da máfia. Tia Pearl como membro do mundo criminoso era uma ideia assustadora.

— O mundo criminoso dos Racatellis não é um negócio comum, tia Pearl. Duvido que Carla quisesse que você o orientasse nisso. — Era triste que tivesse sido necessária a morte de Carla para que falássemos abertamente sobre as desventuras criminosas da família Racatelli. — Você está mexendo com pessoas perigosas.

— Não tão perigosas quanto uma bruxa em busca de vingança. É aí que você entra. — Tia Pearl esfregou as mãos. — Você manterá Rocco ocupado enquanto faço minha magia.

Ergui as mãos em protesto. — Ah, não. Não vou me envolver em nada disso. Você está levando o papel de madrinha a sério demais.

Tia Pearl assumiu uma pose desafiadora à minha frente, com as mãos nos quadris. — Não sou uma madrinha no sentido normal da palavra, Cendrine. Carla me nomeou depois da morte dos pais de Rocco, quando ele já era adolescente. Ela sabia que não viveria para sempre. Rocco, como sucessor dela nos negócios, precisava estar pronto. Ela achou que eu era a mulher certa para o trabalho.

— Você não é exatamente jovem — comentei. Tia Pearl também tinha mais de setenta anos, apenas dois anos mais nova que Carla. A história do plano de sucessão dela parecia um exagero grosseiro ou uma mentira.

Ainda assim, eu não conseguia pensar em ninguém mais concentrado do que minha tia, portanto, pelo menos essa parte fazia sentido. Mas o que ela conhecia sobre as entranhas do crime organizado? Nada, até onde eu sabia. — Acho que você está vendo mais do que existe. Se você é madrinha dele, não é, tecnicamente, a chefe interina dos negócios dos Racatellis?

Tia Pearl assentiu. — Foi por isso que tínhamos que vir para Las Vegas. Todos nós precisamos garantir o sucesso de Rocco.

— Por que eu? Não tenho poderes muito fortes. — E a última coisa que eu queria era ajudar um criminoso a aumentar seu poder. Amigo de infância ou não, não importava.

— Exatamente.

Esperei que tia Pearl continuasse ou pelo menos me desse uma bronca por não me dedicar, mas ela não fez isso. — Magia não, mas você tem poderes muito fortes de atração.

— Poderes de atração... ah, não. Você não vai me empurrar para Rocco. — Usar-me como uma espécie de disfarce era insultante, para dizer o mínimo. Meus pensamentos voltaram para o encontro no saguão. Aquele peito musculoso e os olhos azuis penetrantes...

Merda. O que havia de errado comigo? Eu queria Tyler, não Rocco. Tinha certeza disso. Ainda assim, a atração intensa por Rocco parecia deixar minhas emoções descontroladas.

— Você é precisamente o tipo de distração de que Rocco precisa agora. Também estará por perto para zelar pela segurança dele. Você poderá protegê-lo caso algo dê errado.

— Como o quê? — Comecei a me sentir inquieta.

— Não sei, Cen. — Tia Pearl fez uma pausa e escolheu as palavras com cuidado. — Lembre-se, somente uma bruxa pode penetrar o escudo de proteção que coloquei em Rocco. Você não é a melhor bruxa, mas pelo menos consegue fazer alguma coisa, caso seja preciso.

— Espere... que coisa?

— Não há tempo de entrar em detalhes. Você saberá se for necessário.

— Talvez eu me recuse.

— Não pode. O que está feito, está feito, Cen. Não há muito o que você possa fazer a respeito. Só confie em mim.

— Você colocou outro feitiço de atração em mim! — Mais uma vez, senti aquela atração estranha pelo meu amigo de infância. Se pelo menos eu tivesse praticado a magia, poderia me defender do feitiço de minha tia. Ela me usara para os próprios fins e, ao mesmo tempo, me ensinara uma lição. Tudo porque eu negligenciara a prática da bruxaria, o que me deixara indefesa contra minha tia poderosa.

Eu tinha que ser uma bruxa melhor, nem que fosse para contra-atacar a manipulação de tia Pearl. Ela me enganara de novo. Olhei para ela friamente. — Remova o feitiço agora mesmo.

— Não, senhorita. Não até pegarmos o assassino de Carla e garantir que o império dos Racatellis fique nas mãos de Rocco.

— Tenho certeza de que Rocco preferiria que você não interferisse. — Eu também não queria, pois as coisas poderiam ficar ruins muito depressa.

— Não importa. Há ahm... questões de negócio que Rocco ainda não conhece. Questões pessoais também. — A expressão de tia Pearl estava neutra. — Carla teve alguns problemas no departamento de relacionamentos.

— Esses problemas desapareceram quando ela morreu.

— É o que se pensaria, mas...

— Mas o quê?

— Carla estava romanticamente envolvida com outra pessoa. Em um momento de paixão, pode ter feito algo de que se arrependeu.

— Outro homem além de Bones? Onde ela encontrava tempo para tudo isso? — Carla simultaneamente administrava uma empresa criminosa multimilionária, defendia-se de mafiosos e lidava com vários homens. Eu conseguia lidar com cerca de um décimo do que ela fizera e tinha cerca de cinquenta anos a menos. Eu era um fracasso em comparação a ela. Por outro lado, eu estava viva.

— Ela conseguia, de alguma forma.

— Quem era? Outro chefe do crime? — Foi uma pergunta de brincadeira.

— Ahã. Manny — respondeu tia Pearl.

— O seu Manny?

Tia Pearl assentiu. — Ela e Manny juntaram os trapos e, dessa vez, o casamento foi de verdade.

— Mas você e Manny...

— Só encenação. Eu sabia que Manny se casara secretamente com Carla, mas ele não sabia que eu sabia. Ainda não sabe.

— Você não está com ciúmes?

Tia Pearl deu de ombros. — Na verdade, não. Eu só queria um caso rápido. Nada de compromissos complicados.

Cobri as orelhas, sem querer ouvir mais detalhes. Imagens indesejadas surgiram na minha mente. — Por que Carla estava tão ansiosa para se casar de novo? Ela ficou solteira por décadas.

— Você acha que somente os jovens gostam de um pouco de romance? Carla era mais velha, sim, mas não velha demais para um pouco de diversão aqui e ali. — Tia Pearl suspirou. — Esse é o problema todo. Ela se envolveu em uma onda de paixão e esqueceu-se de fazer um acordo pré-nupcial. Portanto, a morte dela significa que tudo vai para Manny La Manna. Incluindo este hotel.

O mafioso de Carla subitamente ficara muito mais rico. — Então Manny deve tê-la matado.

— Talvez. Sinceramente, não sei o que pensar — respondeu ela. — Mas eu não descartaria a ideia. Ela provavelmente valia cerca de cinquenta milhões. E há também todo o patrimônio dos Racatellis que ela controlava... — Os olhos de tia Pearl se encheram de lágrimas. — Carla ficaria muito triste com toda essa luta.

— Vamos telefonar para a polícia e deixar que lidem com isso. Conte a eles sobre suas suspeitas.

Tia Pearl balançou a cabeça negativamente de forma enfática. — Claro que não. Não podemos envolvê-los porque Carla tem muitas atividades ilegais em andamento. Também não podemos contar a Ruby. Ela desaprova o submundo em que os Racatellis operam.

— É claro que temos que contar a ela. — Eu duvidava que mamãe desconhecesse o tipo de trabalho de Carla. Só era educada demais para dizer alguma coisa a respeito.

Uma coisa de que eu tinha certeza era que tia Pearl estava em mais perigo do que percebia.

A morte de Carla mudara mais do que apenas o futuro de Rocco ou Manny. Também colocava em dúvida o envolvimento de tia Pearl com Manny. E o motivo para Christophe estar em nossa suíte.

CAPÍTULO 24

Tia Pearl e eu estávamos sentadas no sofá enquanto mamãe dormia pacificamente na outra ponta dele. Wilt estava a poucos metros de distância, sentado a uma mesinha. Ele estava com a cabeça nas mãos, desalentado. Se eu pudesse, teria lançado nele um feitiço para que se sentisse melhor. Mas isso não resolveria nada. Jimmy ainda apareceria para procurá-lo e recuperar o que ele perdera no pôquer.

Christophe voltara à suíte alguns minutos antes, agindo como se o funeral nunca tivesse acontecido. Ele foi diretamente para a cozinha, coisa com a qual não me importei nem um pouco.

Depois de cinco minutos abrindo armários e batendo louças, ele surgiu com uma bandeja de petiscos e colocou-a sobre a mesinha à nossa frente. — Alguém está com fome?

Eu não era muito boa em conversas casuais e conversar com um dos capangas de Manny La Manna me deixava inquieta. Eu estava tão preocupada em não dizer nada de errado que só resmunguei um agradecimento e espetei um pedaço de queijo.

— Que horas são? — Mamãe se sentou e olhou em volta. Logo depois, levantou-se, esquecendo-se do tornozelo machucado. Rapidamente ela caiu no sofá com uma careta de dor. —

Eu queria conseguir voltar até a piscina, é muito relaxante lá fora.

— Não acho que seja uma boa ideia, mamãe.

— Deixe que eu cuido disso. — Christophe pegou mamãe nos braços como se fosse um herói de um romance e carregou-a até um divã de aparência confortável ao lado da janela. Ele a sentou gentilmente e entregou-lhe uma toalha branca felpuda. — Pelo menos, você pode admirar a vista daqui.

Mamãe riu, claramente gostando das atenções de Christophe. — Acho que estou bem, só um pouco dolorida por causa da queda.

As covinhas de Christophe aumentaram quando ele sorriu. Ele agiu como se nada fora do comum tivesse acontecido. — Posso oferecer uma bebida a vocês? Você deve estar cansada do funeral. — Ele deu uma piscadela para mamãe.

Mamãe corou. — Por que não?

Segui tia Pearl até o sofá, mantendo a voz baixa. — Por que ele continua fingindo que é mordomo? Ele sabe que nós o vimos com Manny.

— Sshh. — Tia Pearl colocou um dedo sobre os lábios.

Christophe nos ignorou e continuou a olhar para mamãe. — Vou buscar um pouco de gelo para o seu tornozelo.

— Cosmo para mim, Chris — disse tia Pearl em voz bem alta para Christophe enquanto ele caminhava para a cozinha. — E um vinho branco para Ruby.

Mamãe ficou em silêncio, o que interpretei como concordância.

— Só quero um pouco de água. Ainda não são nem cinco horas — protestei.

— Estamos no horário de Vegas, Cen. Esta cidade nunca dorme e você também não deveria. Deixe seus cabelos soltos, para variar. — Tia Pearl correu os dedos pelos próprios cabelos grisalhos. — Tenha atitudes adequadas à sua idade.

Christophe desapareceu em uma esquina e reapareceu logo depois com uma bandeja grande que continha bebidas geladas e vários pratos de queijo, tortas e biscoitos. Ele me entregou uma taça de vinho branco gelado. — Tomei a liberdade de escolher um Sonoma Valley

Chardonnay muito bom para você, Cendrine. Como Pearl e Ruby vão beber álcool, achei que talvez você também quisesse um pouco.

Minha força de vontade fraquejou. Aceitei a taça de vinho da bandeja de Christophe e tomei um gole. O Chardonnay desceu suavemente e abriu meu apetite. Mordi um pedaço de queijo e senti-me exausta. Eu estava cansada demais para me preocupar com qualquer coisa. Tínhamos viajado a noite inteira para chegar lá, para enfrentarmos um tiroteio, gângsters que jogavam e assassinatos. Eu não dormia havia mais de vinte e quatro horas e não tinha mais energia para protestar contra os planos de tia Pearl nem para ficar de olho em Christophe.

— Você é mesmo muito rápido, Chris. — Tia Pearl tomou o Cosmo de um gole só e colocou o copo vazio sobre a mesinha. — Você é mágico ou algo assim?

Engasguei com minha bebida, cuspindo Chardonnay nas minhas roupas. Recuperei-me e fiz uma careta para titia, irritada com as referências sobrenaturais dela.

Se Christophe ficou ofendido, não demonstrou. — É um segredo de negócio. Também posso preparar o jantar, se quiserem. — Ele ficou parado, aguardando nossas instruções. Talvez, no fim das contas, ele não fosse um gângster.

— Eu quero, Chris, obrigada! — Tia Pearl se levantou de um salto. — Acho que ficaremos aqui para o jantar. Por que não nos faz uma surpresa?

— Ótimo. Vou dar uma saída rápida para buscar algumas coisas para o jantar. — Christophe foi para o saguão, com as solas de borracha fazendo barulho no chão de mármore.

Esperei até que a porta do elevador se fechasse e virei-me para minha tia.

— Se ele realmente trabalha para Manny, não queremos que volte.

Mamãe bebeu o vinho e enrolou-se na toalha branca, sem perceber nosso dilema.

— Ótimo, vamos trancar a porta ou algo assim. — Tia Pearl balançou a cabeça lentamente. — Eu sei de uma coisa que você poderia fazer para impedi-lo de voltar aqui.

— Seja o que for, eu farei. O quê?

Tia Pearl sorriu. — Um feitiço de proteção em volta do perímetro. Você o praticou? Ou esteve ocupada demais com outras coisas?

Ela também sabia que eu não praticara e estava prestes a me fazer pagar por isso. De novo.

— Você não pode...

— Não, Cen. Você precisa andar com os próprios pés.

— Estamos em uma situação grave aqui. Não pode fazer uma exceção, só desta vez?

Ela fez um gesto de desprezo com a mão. — Que melhor forma para aprender? Pelo menos, agora você está motivada.

Suspirei. — Você está nos metendo em todo tipo de confusão. Pelo menos, faça isso por mamãe.

— Você se preocupa demais, Cen. Aproveite a suíte, pois provavelmente você nunca ficará em um lugar tão bonito de novo.

— Podíamos ficar no trailer — comentei.

Tia Pearl sacudiu um dedo. — Você se sentiria mais segura em uma lata de sardinhas no estacionamento subterrâneo? Não é algo inteligente a fazer quando a máfia está atrás de você.

Ela tinha razão e era tarde demais para fazer qualquer coisa a respeito da suíte naquela noite. — Vamos ficar aqui durante a noite. Ficaremos dentro da suíte e sairemos do hotel amanhã.

— Não vou ficar presa aqui. Estamos em Vegas, *baby*. Vou descer para o cassino. Quer ir comigo?

Balancei a cabeça e percebi que tia Pearl já tinha desaparecido na escada espiral em direção aos quartos.

Talvez tia Pearl tivesse razão em aproveitar ao máximo uma situação ruim, mas eu só queria me deitar. A chamada missão de tia Pearl não parecia mais tão importante.

Com o fim do funeral, não havia muito mais coisa que pudesse acontecer antes de irmos embora no dia seguinte. O que poderia dar errado?

Bebi o vinho e olhei para mamãe, que pegara no sono de novo. Ela roncava de leve no divã. Andei até ela e tirei cuidadosamente a taça de vinho vazia da mão dela, que coloquei sobre a mesinha ao lado.

Arrumei os travesseiros, deixando o tornozelo inchado mais alto, e senti os olhos pesados.

A falta de consciência de mamãe e a minha falta de habilidades de magia nos deixavam praticamente indefesas e tia Pearl sabia muito bem disso. Ainda assim, não deixaria que ficássemos lá se realmente estivéssemos em perigo. Apesar de todos os problemas que causava, ela era leal e protetora.

Mas talvez tia Pearl tivesse razão. Já que eu tinha que ficar fora de casa, havia lugares muito piores do que estar rodeada pelo luxo. Foi meu último pensamento antes que o sono me invadisse.

CAPÍTULO 25

cordei sobressaltada no sofá, sentindo-me desorientada. A julgar pela luz fraca do lado de fora, era fim da tarde. Eu devia ter pegado no sono.

Ergui a cabeça em direção ao som.

Bum.

Bum, bum, bum.

Eu não me lembrava de ter adormecido, mas obviamente isso acontecera, pois eu estava completamente atordoada. Também estava com uma dor de cabeça latejante, apesar de ter tomado apenas alguns goles de vinho. O álcool, combinado com a desidratação e o excesso de sol no funeral, me deixara assim.

A chave da suíte do hotel ainda estava na minha mão e percebi em pânico que não telefonara para Tyler desde que voltara do funeral. Era culpa daquele feitiço idiota. Na metade do tempo, eu não conseguia pensar direito. E o restante do tempo era gasto ficando de olho em tia Pearl.

Outra promessa quebrada.

Bum, bum.

Qualquer chance que eu tivera com o homem por quem me sentia atraída havia meses provavelmente acabara. Tudo por causa de minha tia metida e do sequestro.

Eu agora estava convencida de que ela sabia o tempo todo sobre o meu namoro. Ela teria feito qualquer coisa para afastar Tyler, o que incluía sabotar nosso relacionamento de todas as formas possíveis. A história dos Racatellis só fora uma desculpa conveniente.

Bum, bum.

A antipatia de tia Pearl por Tyler não era pessoal, só o achava frustrante porque era páreo para ela. Ele fora o único delegado que ela não conseguira espantar da cidade. Ela provavelmente me sequestrara de propósito para acabar com qualquer chance de romance.

Bum.

À medida que meus olhos se ajustavam gradualmente à escuridão, virei-me na direção do barulho. Meu olhar subiu pela escada em espiral e parou em dois saltos altos finos presos a pernas esguias.

— Uhu! Como estou? — A voz de tia Pearl ecoou no teto alto quando a mão com unhas pintadas segurou o corrimão. De onde eu estava, no sofá do andar inferior, via apenas a parte inferior do vestido de noite vermelho, brilhando sob as luzes alógenas.

Levantei de um salto e xinguei baixinho enquanto absorvia a cena. Meu bom humor desapareceu. Não era tia Pearl. Era Carolyn Conroe.

— Você não pode usar Carolyn aqui.

Carolyn Conroe era o alter ego de tia Pearl, um clone mágico de Marilyn Monroe em que minha tia se transformava sempre que queria se divertir. Carolyn era ainda mais descuidada que tia Pearl, com um lado imprevisível e maldoso. A ideia de Carolyn solta e desacompanhada em Las Vegas me deixou aterrorizada.

— Por que não? Carolyn adora Vegas ainda mais do que eu. — Uma fenda até a coxa expôs as pernas esguias quando tia Pearl... ou melhor, Carolyn... desceu lentamente a escada com os saltos incrivelmente altos.

A juventude de Carolyn era apenas aparente e ainda precisava ser carregada pelas pernas cheias de artrite de setenta anos de tia Pearl. Nem mesmo a bruxaria conseguia cobrir todas as bases.

— O que acontece em Vegas, fica em Vegas. — Ela parou a poucos degraus do pé da escada e deu uma piscadela. — *Projeto Vingança em Vegas*, fase dois.

— E Christophe? Você não pode usar seus truques com ele por perto. Ele não pode descobrir que somos bruxas. — Eu não tinha ideia de quando ele pretendia voltar. Como só tínhamos chegado naquela manhã, eu não sabia se ele era um mordomo residente ou se ia para casa no fim do dia de trabalho.

Tia Pearl balançou a cabeça ao chegar ao pé da escada. — Quem se importa? Nunca mais o veremos depois deste fim de semana. Se ele vir Carolyn, basta dizer que é uma amiga sua.

Como se eu tivesse alguma outra opção. — E Wilt?

— Wilt está tão obcecado com o jogo que não notará nada. Pare de se preocupar com as outras pessoas, Cen. Nossa. — Carolyn pegou uma bolsa prateada que estava sobre a mesinha e abriu-a ao andar na direção do saguão. Ela apertou os lábios e aplicou um batom vermelho. — Tenho que correr.

O humor alegre de tia Pearl parecia fora de lugar para alguém que perdera uma amiga recentemente. Olhei para o sofá, onde mamãe ainda dormia, totalmente inconsciente da conversa. — Vejo que ainda está de luto.

— Carla adoraria meu disfarce — respondeu ela. — Mas não se preocupe, continuarei de luto como eu mesma. Só preciso espairecer um pouco no cassino primeiro.

— Volte a ser você mesma antes que alguém a veja. — Minha cabeça latejava, como se eu estivesse de ressaca. Olhei para a taça meio cheia sobre a mesinha. Christophe não era o único que batizava bebidas. Suspeitei que tia Pearl colocara alguma coisa na minha bebida.

— As garotas só querem se divertir, Cen. Não seja tão desmancha-prazeres. Venha comigo.

Minha cabeça doeu ainda mais quando me levantei. Tia Pearl não parecia nada afetada, apesar de ter bebido muito mais do que eu. Apontei para mamãe no sofá. — Não posso deixar mamãe assim. Não sei o que ela bebeu no funeral, mas realmente a afetou.

Carolyn me ignorou e andou até a porta.

— Tia Pearl? — Saltei do sofá e juntei-me a ela no saguão. — Por quanto tempo ficará fora?

— Depende do que estiver acontecendo lá embaixo.

— E se Christophe voltar?

Ela revirou os olhos. — Não sei. Peça a ele que prepare uma bebida, que faça o jantar, qualquer coisa. Basta mantê-lo ocupado.

Joguei as mãos para o ar. — Você não pode simplesmente nos deixar aqui. Você me convenceu a vir com pretextos falsos. Já perdi uma entrevista de emprego e um encontro. Não vou mais aguentar suas loucuras.

— Só o que fizemos foi ir a um funeral. Admito que não é todo dia que alguém deixa o caixão cair, mas, no fim das contas, acho que foi tudo bem.

— Você está mudando de assunto. — Bati o pé no chão. — Você fez isso de propósito, só para arruinar minha chance de conseguir um emprego normal e de me impedir de sair com Tyler. — Como eu sabia que ela sabia, não havia mal algum em dizer em voz alta.

— Ora, Cendrine! Pare de reclamar. Pare de ficar obcecada com aquele homem. Ele não vale a pena. — Ela colocou as mãos nos quadris. — Por que você veio para cá, para início de conversa?

— Porque você me sequestrou, lembra?

Carolyn bateu os cílios falsos. — Você está sendo exageradamente dramática. Nem tudo gira em torno de você, sabia?

Fiquei de boca aberta. — Eu? Você que é a dramática.

— Você tem razão, eu sou. — Ela deu um sorriso amarelo. — No fim das contas, acho que seria melhor você voltar para Westwick Corners. Conversaremos melhor quando eu voltar.

— Você vai me ajudar com um feitiço? — Fiquei animada com a ideia. Com uma pequena ajuda mágica de tia Pearl, eu poderia me teletransportar de volta para casa em questão de minutos. Poderia estar de volta na minha cama naquela noite.

— Por que não pratica sua magia e veremos o que é possível fazer quando eu voltar?

— Não podemos fazer isso agora?

Carolyn bateu no relógio. — Desculpe, não tenho tempo. Talvez mais tarde. Tenho algumas coisas com as quais preciso lidar antes que seja tarde demais.

Meus ombros caíram de desapontamento enquanto eu observava sua saída. Voltei para a sala de estar, pensando que, na pior das hipóteses, poderia pegar um avião para casa. Talvez não naquela noite, mas na manhã seguinte. Eu pegaria o cartão de crédito de mamãe emprestado e devolveria o dinheiro mais tarde. Eu poderia estar em casa em questão de horas.

Eu me animei ao notar o *notebook* de mamãe sobre a mesa de jantar e abri-o. Minhas esperanças morreram rapidamente quando descobri que a suíte não tinha acesso à internet. Provavelmente tinha algo a ver com a regra de "telefones proibidos". Devia haver uma rede sem fio no saguão. Talvez até mesmo uma agência de viagens que pudesse reservar uma passagem para casa.

Mamãe roncava contente no sofá, com o tornozelo inchado sobre os travesseiros. Parecia uma pena acordá-la, mas eu também não queria deixá-la sozinha.

Mas meu ânimo melhorou quando lembrei que ela tinha um mordomo à disposição. Christophe voltaria em breve e atenderia a todos os seus desejos enquanto eu estivesse fora. Eu não sabia se ele trabalhava ou não para Manny, mas parecia nos tratar bem, especialmente mamãe.

Exceto pelos coquetéis mortais, pensei.

Não era ideal deixar mamãe ali, mas a ideia de deixar tia Pearl sozinha era ainda pior.

Rabisquei um bilhete e deixei-o sobre a mesinha, caso mamãe acordasse, e desci para o cassino.

CAPÍTULO 26

ão fui longe até encontrar Rocco no bar. Ele ocupava a mesma mesa de antes. Estava sentado de costas para a parede, o que lhe dava uma visão clara de toda a movimentação no saguão. O que me incluía. Ele me viu e acenou para que eu me aproximasse.

Meu coração bateu mais depressa quando meu olhar encontrou o dele. Com ou sem feitiço, minha atração por ele era enorme. A julgar pela expressão dele, parecia ser algo mútuo. Apesar de eu ter ciência dos truques de tia Pearl, não tinha como lutar contra eles.

— Cen... precisamos conversar. — Ele acenou para que eu me sentasse.

Eu me sentei, observando os mesmos dois capangas sentados na mesa ao lado. Era como um *déjà vu*, apesar de fazer sentido quando pensei no assunto. Como dono do hotel, Rocco tinha a própria mesa reservada permanentemente.

Rocco tomou a bebida de um só gole e chegou mais perto de mim. — A morte de vovó não foi um acidente. Ela tinha muitos inimigos, pessoas com poder suficiente para impedir uma investigação. O problema é que a polícia é comprada.

A ironia de um criminoso reclamando de corrupção policial me atingiu. — Por quem?

— Tio Manny. Acho que ele está por trás da morte de vovó. — A expressão dele ficou melancólica. — Ele não é meu parente de sangue, mas, antes da guerra por território, nossas famílias eram próximas. Isso mudou quando as ambições de tio Manny cresceram. Criou um abismo entre nossas famílias. Uma coisa é lutar por território, mas nunca achei que ele mataria por causa disso.

Até onde eu sabia, aquilo era exatamente o que famílias criminosas faziam. Rocco obviamente se recusava a aceitar isso. Eu não sabia exatamente em que tipo de atividades os Racatellis estavam envolvidos nem queria saber. Mas, gostando ou não, tia Pearl já me envolvera. — Carla obviamente sabia dos riscos envolvidos nas atividades criminosas.

Rocco assentiu. — Ela sabia, mas só queria ganhar um pouco mais de dinheiro para ter uma aposentadoria confortável. Para ela e para mim, pois eu também queria sair dos negócios da família. Eu planejava manter o hotel e outros investimentos, mas me livrar da parte mais sombria dos negócios e ser uma pessoa honesta. Mamãe tentou fazer um acordo com Manny para que nos tornássemos legítimos. Mas ele queria mais. Neste negócio, só há uma forma de sair. Em um caixão.

Rocco não mencionou o casamento secreto de Manny e Carla, portanto, eu não tinha certeza se ele sabia. Se não soubesse, não seria eu quem contaria.

— Você acha que Manny foi o responsável pela morte de Carla? — As circunstâncias da morte dela certamente eram suspeitas, mas não necessariamente apontavam para Manny. — Ele tem um álibi?

— Ele disse que estava no cassino, mas assisti a todas as gravações da vigilância e não vi sinais dele. Ainda assim, ele tem várias testemunhas que dizem que estava em um jogo de pôquer de apostas muito altas. Com base nos meus vídeos, elas obviamente estão mentindo.

— Você falou isso para a polícia?

— É claro, mas eles não deram atenção. Ainda acham que foi um acidente e nem estão investigando.

Subitamente, lembrei-me do relatório da autópsia que eu deixara sobre a mesinha na suíte. E se Christophe voltasse para a suíte e encontrasse o relatório?

Eu me levantei. — Aconteceu uma coisa. Tenho que ir, Rocco.

— Não... espere. — Ele segurou meu pulso, mas soltou-o com a mesma rapidez. — Acho que posso fazer com que abram o caso.

— Excelente. — Dei um passo para trás.

— Sim e não. Se eles investigarem e tiverem que apontar um culpado pelo assassinato, eu serei preso, não Manny. Não tenho álibi e tinha tudo a ganhar com a morte de vovó. Eu herdaria tudo.

Balancei a cabeça negativamente. O coitado do Rocco realmente não sabia de nada. — Não é motivo suficiente. Eles precisam de provas contra você.

— Pelo jeito, eles já têm alguma coisa. Ou, pelo menos, um motivo.

— Você? Mas por quê...

— Eles alegarão que eu estava cansado de esperar que vovó se aposentasse. Não só isso, mas também como eu me beneficiaria com a morte dela. É verdade, eu herdaria tudo, mas ela já dividia tudo comigo. Não conheço os negócios como ela conhecia e a última coisa que eu queria, mesmo de uma perspectiva dos negócios, era que vovó morresse. Não tenho como administrar as coisas tão bem como ela, nem de perto. Mas, talvez, com a sua ajuda... — A voz de Rocco sumiu.

— Lamento, Rocco. Realmente não vejo como poderia ajudar. Você precisa de um advogado, não de uma repórter de cidade pequena. — Uma repórter que não podia ser contratada, na verdade. Eu me levantei.

— Não... Cen, espere. Veja só, sei dos segredos de sua família, como você sabe os da minha. Você é a única que pode me ajudar, Cen. Já que não consigo acabar com a corrupção, preciso de ajuda para expô-la. Exatamente o tipo de ajuda que você pode me dar, como bruxa.

Fiquei de boca aberta ao perceber que Rocco sabia exatamente a extensão do segredo da família West. — Um feitiço não trará Carla de volta, Rocco.

— Eu sei disso, mas talvez você possa me ajudar de outra forma.

Por exemplo, encontrando provas de que Manny não estava onde ele disse que estava.

— Não vejo como...

— Você pode voltar no tempo, seguir os passos dele e ver exatamente os eventos que levaram ao assassinato. Depois, poderemos destruir o álibi dele de outra forma e fazer com que a polícia investigue.

— O que o faz pensar que eu posso fazer isso?

— Pearl fez um feitiço de retrocesso para mim uma vez. Como um favor quando perdi um monte de dinheiro que não era meu. Ela salvou minha vida naquele dia.

Tia Pearl quebrando as regras, como sempre. — E por que você não pede ajuda a tia Pearl?

— Não posso — respondeu Rocco. — Ela ainda está muito chateada por causa de vovó. Não quero expor a ela a verdade de como vovó realmente morreu. Seja lá como for que aconteceu.

Olhei em volta em busca de algum sinal de Carolyn Conroe, mas o alter ego de minha tia não estava à vista. O que era bom, de certa forma, pois ela não era exatamente a amiga de luto que Rocco achava que era.

— Eu gostaria de ajudar, mas a verdade é que não sou uma bruxa muito boa. Especialmente não com feitiços de retrocesso. É uma magia um tanto avançada. — Tecnicamente, eu conseguia fazer um feitiço, mas muitas coisas poderiam dar errado. Parecia uma péssima ideia misturar magia com mafiosos. Na verdade, isso me deixava quase morta de medo. Se tudo desse certo, Rocco desejaria favores repetidos. E, se eu fracassasse, quem sabe quais seriam as repercussões?

— Tenho fé em você, Cen. Na verdade, você é a única pessoa em quem posso confiar agora.

CAPÍTULO 27

Saí do bar depois de convencer Rocco a telefonar para um advogado primeiro e, depois, visitar a médica legista.

Talvez ele conseguisse extrair a verdade da médica legista. Torci para que ele descobrisse a verdade por conta própria, sem usar medidas extremas. Se pelo menos ele conseguisse uma cópia do relatório da autópsia por meios legítimos, isso ajudaria a nós dois. Valia a pena tentar.

Se ele não conseguisse respostas, poderia solicitar a exumação do corpo de Carla para uma segunda autópsia, mas isso era algo em que eu nem queria pensar no momento.

O diagnóstico de morte por afogamento era perturbador. Lembrei-me do fiasco do caixão. Além da falta de água nos pulmões de Carla, a expressão serena dela era denunciadora. Vítimas de afogamento nunca ficavam neutras. A expressão facial delas era inevitavelmente de terror e desespero, congelada no momento final quando a pessoa percebia que acabara de perder a última luta na vida.

Subitamente, senti-me muito triste. Não importavam os atos de Carla em vida, não eram maus o suficiente para que ela terminasse assim. Também fiquei com pena de minha tia pela morte de uma grande amiga, mesmo que escolhesse formas inadequadas de expressar seu pesar.

Havia também meus estranhos sentimentos por Rocco. Eu nunca me sentira atraída por ele, mas encontrava-me pensando nele constantemente. Na verdade, quase tanto quanto eu pensava em Tyler.

Tyler.

Ele me avisara para não me envolver e estava certo. Eu deveria subir, aproveitar a suíte de luxo e ficar de olho em mamãe até que ela acordasse. A promessa de tia Pearl de me mandar de volta para casa quase certamente tinha algum retorno, mas, no momento, era a única opção viável.

Andei em um transe, ainda tentando decidir se deveria procurar tia Pearl e tirá-la da encrenca em que certamente se metera ou simplesmente voltar para a suíte. Eu estava dividida. Logo me vi a poucos passos dos elevadores do saguão, onde havia uma multidão reunida.

Estiquei o pescoço para ver melhor a fonte da confusão. Os assovios e os murmúrios empolgados da multidão me fizeram achar que uma estrela do rock ou de Hollywood estava entre nós. Perguntei-me de quem seria o show naquela noite.

Vi de relance uma roupa vermelha e cabelos loiros longos e tive uma sensação horrível.

Meus medos viraram realidade quando tia Pearl... ou melhor, o alter ego dela, Carolyn Conroe... ficou à vista. Ela girava um colar nos dedos enquanto cantava *Diamonds Are a Girl's Best Friend* com voz sedutora.

— Quem é ela? — Uma adolescente me entregou o celular e apontou para si mesma e para a mãe. — Pode tirar uma fotografia nossa?

Que ótimo. Tia Pearl não só se transformara em Carolyn Conroe, como fingia ser uma celebridade. Tirei algumas fotografias da garota com a mãe nos dois lados de uma Carolyn sorridente antes de devolver o celular.

Olhei friamente para Carolyn, irritada tanto pelo fã clube dela quanto pela minha pena inútil. Ela parecia não notar os eventos que se desenrolavam à nossa volta. Em vez disso, parecia apenas pronta para se divertir muito.

Carolyn deu uma piscadela.

Segurei o braço de Carolyn e puxei-a para longe da multidão. — Precisamos conversar.

— Você nunca se diverte? — Carolyn xingou baixinho. — O que acontece em Vegas, fica em Vegas. Você sabe disso.

Ignorei o comentário e apertei seu braço um pouco mais. — Vamos subir. Agora!

— Cen, espere. Não podemos subir sem Wilt. Acho que ele está com problemas. — Carolyn fez um muxoxo.

A expressão dela parecia genuína, mas eu sabia que não podia acreditar nela, que me enganava todas as vezes. — Ele é adulto e consegue se cuidar. — Parecia inadequado que minha tia, que supostamente estava de luto, fosse tão irresponsável com a bruxaria a ponto de se transformar em Carolyn e atrair todo tipo de atenções indesejadas.

Carolyn balançou a cabeça negativamente. — Ele é um jogador compulsivo. Eu não devia tê-lo trazido aqui.

— Você não devia ter feito um monte de coisas — recriminei. — Como me trazer para cá contra a minha vontade.

Um sorriso leve surgiu nos lábios de Carolyn. — Você só precisa se divertir um pouco. Deixe-me encontrar Wilt primeiro. Depois disso, subiremos.

* * *

MINUTOS DEPOIS, encontramos Wilt em uma mesa de pôquer de apostas altas. Mesmo a alguns metros de distância, ficou óbvio que ele estava encrencado. A pele normalmente pálida estava vermelha e ele suava profusamente. — Ele não tem exatamente uma cara boa para jogar pôquer, não é?

— Não importa. Ele só precisa de uma boa mão. — Carolyn me dispensou com um gesto da mão. — Cuide de sua própria vida e deixe Wilt se divertir um pouco.

A diversão não chegava nem perto da situação de Wilt, apesar de ele se animar consideravelmente ao perceber Carolyn. Fiquei imediatamente desconfiada. — Você estava ajudando Wilt a ganhar, não estava?

— Talvez um pouco. — Carolyn abriu um sorriso e mostrou um pouco da perna para os três outros homens na mesa de Wilt. Em resposta, eles a encararam com expressão maliciosa. — Eles estavam tão distraídos comigo que pareceu um desperdício não ajudar.

— Você sabe que isso é errado, tia Pearl. — Balancei a cabeça. — É contra as regras da WICCA usar magia para ganhar dinheiro. — As regras eram particularmente rigorosas sobre o uso de magia para enriquecimento pessoal. Conjurar dinheiro era estritamente proibido. Apesar de eu não ter conhecimento de regras específicas sobre jogos de azar, tinha quase certeza de que as mesmas regras se aplicavam. Tia Pearl não estava imprimindo notas, mas o que fazia era muito próximo disso.

Minha tia revirou os olhos. — Eu conheço as regras, Cen. Quem disse que usei magia? Não precisei usar. É aritmética simples.

— Você contou cartas? — O cassino provavelmente tinha câmeras por toda parte. Conhecendo minha tia, ela provavelmente fizera aquilo de forma descarada.

— Algo assim. — Carolyn se aproximou ligeiramente da mesa, onde imediatamente atraiu a atenção de um homem grande. A pulseira de ouro grossa se enterrou no pulso gordo quando ele abanou as cartas. Ele era uma caricatura saída diretamente de um filme da máfia. A expressão dele era um blefe ou uma indicação clara de que a mão dele era melhor do que a de Wilt. A outra mão dele estava apoiada na coxa, perto do coldre.

— É divertido enganar esses caras. Eles acham que são mais espertos do que todo mundo. Você deveria tentar um dia. — Carolyn jogou os cabelos loiros para trás em um gesto exagerado ao dar a volta na mesa.

Contar cartas era algo ruim, mas ver o que havia na mão dos adversários de Wilt era trapaça da pior qualidade. Segurei o braço de Carolyn e puxei-a para trás, a poucos passos atrás de Wilt. — Não será divertido por muito tempo. Wilt não pode jogar desse jeito ganhando tão pouco. — Encontrei o olhar dela quando Wilt empurrou uma pilha de fichas de cinquenta dólares em direção ao centro da mesa. Abaixei a voz. — Ele está com problemas sérios.

Eu sabia muito pouco sobre pôquer, mas percebi que ele tinha uma mão horrível. Ele não tinha nem mesmo um par de cartas de números baixos. Era um blefador terrível sem nenhuma chance de ganhar. Eu não sabia se ele estava gastando o próprio dinheiro ou parte do que tia Pearl ganhara na loteria, mas o dinheiro não duraria muito tempo.

Carolyn me ignorou.

Cheguei mais perto da mesa. — Wilt, termine a mão e vamos embora.

Ele se virou por uma fração de segundo, o suficiente para me olhar friamente. — Deixe-me em paz. Você está atrapalhando minha concentração.

Tia Pearl, ainda com o disfarce de Carolyn Conroe, xingou baixinho. — Você ouviu o que ele disse. Cuide de sua própria vida, Cendrine.

Rangi os dentes. — Foco, tia Pearl. Lembre-se de por que estamos aqui.

— Vocês duas se conhecem? — Wilt arqueou as sobrancelhas em surpresa.

Assenti, irritada por ter que acobertar a identidade dupla de minha tia.

— Que mundo pequeno. — Wilt se virou novamente para a mesa e suas cartas ridículas.

— Menor do que imagina. — Apesar de eu estar aliviada por Wilt não saber que Carolyn era, na realidade, tia Pearl... e uma bruxa... as artimanhas dela me incomodaram. Wilt obviamente se sentia atraído pelo alter ego de tia Pearl e Carolyn o levava a pensar que o sentimento era mútuo.

Virei-me para Carolyn. — Estou fazendo isso para o bem dele, tia Pearl.

— Sshh... não me chame assim.

— Você disse que ele tinha um problema com jogos de azar.

— Disse? Não me lembro.

— Você, de todas as pessoas, deveria saber. — Respirei fundo quando os outros jogadores na mesa aumentaram a aposta de Wilt. Era inútil discutir. Isso só prolongaria o desastre diante de nós.

Carolyn parou atrás de Wilt e colocou a mão no ombro dele.

Wilt olhou para ela e sorriu, claramente enamorado. Ele estava até mesmo exibindo-se para seu novo amor, o que fez com que jogasse de forma ainda mais descuidada. Era óbvio que Wilt nunca fora alvo de muitos interesses femininos, muito menos de uma mulher estonteante como Carolyn. Ele estava feliz com a atenção de Carolyn e dos adversários invejosos.

Carolyn atraíra a atenção dos outros três homens na mesa, que a observavam com desejo.

— Eu pago. — O mafioso largou as cartas na mesa e sorriu.

Três ases e um par de dez.

Segurei Carolyn pelo braço. — Wilt está sendo aniquilado. Faça com que ele pare agora. — Eu não podia mais assistir ao desastre em câmera lenta que se desdobrava diante dos meus olhos.

— Você quer que eu interrompa antes que ele tenha a chance de ganhar o dinheiro de volta? — Ela bateu os cílios falsos com inocência fingida.

— Você sabe que quero.

Ela deu de ombros, atraiu a atenção do carteador e piscou.

Ele sorriu de volta, cativado.

Antes que eu conseguisse dizer mais uma palavra, todos na mesa estavam em transe.

Literalmente.

Carolyn Conroe colocara em todos eles um feitiço de retrocesso. Uma fração de segundo depois, a mesma cena se desenrolou à nossa frente. Mas, desta vez, Wilt tinha um par de ases.

— Tia Pearl! — Segurei o braço dela. — Isso é pior do que contar cartas! Mude de volta para como estava antes.

— Não posso fazer isso, moça. Você não estava reclamando antes quando me implorou para ajudá-la com um feitiço.

— Mas o meu feitiço era apenas para me mandar de volta para cara. Não arruinaria ninguém financeiramente.

— Qualquer pessoa que joga assume as próprias chances.

Cruzei os braços. — O que você está fazendo não é certo. Mude tudo de volta agora mesmo, se não vou denunciá-la para a WICCA. Você conhece as regras. — Trapacear era motivo para expulsão imediata pelo resto da vida. Nenhuma bruxa com autorrespeito correria o risco de perder seus poderes.

— Você trairia sua própria tia? — Carolyn cruzou os braços e fez uma careta. — Pelo quê? Isso não é trapaça, Cen. Eu só movi Wilt para um ponto anterior no tempo. As escolhas que ele fez foram de livre e espontânea vontade.

— Mas ele escolheu diferente desta vez — protestei. — Recebeu cartas diferentes.

— É apenas a probabilidade.

— Você não pode voltar a vida repetidamente até que consiga os resultados que deseja — disse eu. — As coisas não funcionam assim.

— Você está errada, Cen. É exatamente assim que a vida funciona.

ilt se levantou da mesa e recolheu as fichas. Tia Pearl e eu o seguimos quando ele andou em direção à saída e ao saguão do hotel. Senti muitos olhos em nós. Na verdade, em Carolyn, pois ela expunha as pernas e o colo a cada passo. Só conseguimos dar vinte passos antes que Wilt parasse, hipnotizado por uma fileira de caça-níqueis. Ele pareceu nos ignorar completamente. Era como se estivesse em transe.

— Wilt. — Parei na frente dele, mas seus olhos estavam fixos nas máquinas. Ele pegou algumas fichas do bolso e sentou-se na primeira máquina.

Uma a uma, ele colocou as fichas na máquina.

— Detenha-o, tia Pearl! Wilt não tem dinheiro para isso. — Meia dúzia de homens meio embriagados, com vinte e poucos anos, tinham nos seguido do cassino. Eles estavam parados a poucos metros, sussurrando enquanto olhavam para nós. A julgar pelas camisetas havaianas e os chapéus de palha ridículos, eles eram parte de uma despedida de solteiro.

— Ele não tem, mas eu tenho — retrucou tia Pearl. — Ele está jogando às minhas custas.

Balancei a cabeça. — Não importa quem está pagando. Você só

está piorando o vício dele. — Eu não conseguia entender como ganhar na loteria justificava arruinar a vida de um homem.

Nosso fã clube se fechou à nossa volta em um semicírculo. Pelo que entendi dos sussurros embriagados, eles estavam formulando um plano para se apresentarem. Virei-me para Carolyn.

— Você nem recebeu ainda o dinheiro da loteria — protestei. — E se você cometeu um erro ao anotar os números? — Percebi também que, como ela não recebera o dinheiro, tinha que tirar dinheiro de algum outro lugar. Fiquei com medo de perguntar de onde. Ela não era rica o suficiente para financiar um viciado em jogos de azar.

— O bilhete é válido. Usei aquela tal de máquina de validação, portanto, tenho certeza. O que poderia dar errado? — Ela fez um movimento floreado com a mão, quase acertando o noivo, que não percebeu quando o chapéu voou longe.

— Muita coisa — respondi. — Talvez haja um erro com os números. E se você perder o bilhete? Espero que o guarde em um lugar seguro.

Carolyn colocou a mão dentro da parte de cima do vestido, o que atraiu alguns assovios dos admiradores em volta. Ela arregalou os olhos e começou a suar.

— Qual é o problema?

Ela cobriu a boca com a mão. — Estava aqui há poucos minutos. Ai meu Deus! Perdi o bilhete!

Meu estômago se contraiu quando pensei no trailer, nos jogos de azar e no que mais tia Pearl pudesse ter comprado com crédito. — Pelo menos, temos o restante das fichas de Wilt.

Segurei o braço de Wilt quando ele jogou o último punhado de fichas na máquina caça-níqueis e puxou a alavanca.

Tarde demais. Xinguei baixinho.

Carolyn Conroe começou a dar gargalhadas ao bater de leve nas minhas costas. — Acalme-se, Cen. Eu só estava brincando.

Os homens da despedida de solteiro observaram quando Carolyn ajustou o decote e bateu de leve nos seios. Ela sorriu para eles. — Ainda está comigo.

Puxei Wilt para longe da máquina caça-níqueis.

— É minha máquina da sorte! Ela está prestes a me pagar tudo de volta. — Wilt puxou o braço.

— Ela nunca pagará tudo de volta — retruquei. — Vamos parar enquanto podemos.

Wilt balançou a cabeça negativamente. — É a primeira vez em muito tempo que estou ganhando e você quer que eu pare?

— Você não estava ganhando nada — retruquei. — Acabou de usar todas as suas fichas.

— É só um revés temporário — protestou Wilt.

Olhei friamente para Carolyn, mas ela estava ocupada demais para notar. Os homens da despedida de solteiro a rodeavam, competindo pela atenção dela, que aproveitava cada minuto.

Eu ainda tinha uma vantagem. Wilt não sabia que Carolyn era, na verdade, tia Pearl.

Abaixei a voz para que Carolyn não conseguisse ouvir. — Wilt, preciso de sua ajuda. Tia Pearl desapareceu e preciso encontrá-la. Você não deveria ser o motorista e o guarda-costas pessoal dela?

Wilt ficou pálido. — Ahm, sim. Ai, meu Deus. É melhor eu encontrá-la.

Pareceu algo meio exagerado, mas, pelo menos, Wilt levava o emprego a sério.

— Eu sei que você só está espairecendo depois de uma longa viagem até aqui, mas precisamos encontrá-la com urgência. Ela precisa tomar um remédio. — Se alguém precisava de um remédio naquele momento, era eu, mas Wilt foi convencido pela minha mentira.

Ele ficou de boca aberta. — Eu estraguei tudo, não foi? Desculpe, não sei o que me deu.

— Está tudo bem, Wilt. — Eu me afastei do caça-níqueis e acenei para que ele me seguisse. Um dos homens xingou, irritado por perder sua posição perto de Carolyn.

Wilt me seguiu, parecendo constrangido. — Eu me envolvi demais com as cartas em vez de ficar de olho na srta. Pearl. Não consigo evitar, Cendrine. Todas as luzes piscando e os barulhos me embriagam, fazem com que eu me sinta drogado ou algo parecido.

— Não se preocupe com isso. Vá até a suíte e veja se consegue descobrir alguma coisa. Vou dar uma olhada aqui. — Eu não tinha a menor intenção de fazer aquilo, mas precisava tirar Wilt do cassino. Também precisava falar com Carolyn sozinha e convencê-la a voltar a ser tia Pearl. Carolyn Conroe atraía atenção masculina demais.

Wilt assentiu e virou-se para sair. Ele tinha dado cerca de dez passos quando um homem grande bloqueou seu caminho.

Meu coração deu um salto quando reconheci o mafioso que estivera jogando pôquer com Wilt alguns momentos antes.

<h1 style="text-align:center">CAPÍTULO 29</h1>

—*P*or que você saiu da mesa? Estávamos nos conhecendo muito bem. — O mafioso colocou uma mão gorda sobre o ombro de Wilt. — Temos um probleminha, você e eu.

— Parei de jogar. — Wilt estremeceu ao falar. — Paguei todas as minhas dívidas e não sei que problema é esse.

— Você não vê contar cartas como um problema? — O homem apertou o ombro de Wilt ainda mais. — Você não me engana. Sua mão perdedora no final foi apenas para parecer que era real.

— Isso não faz o menor sentido — protestei. — Ele perdeu muito no final. — Debati comigo mesma se deveria procurar Rocco. Depois me lembrei do tiroteio no saguão e decidi que seria melhor não o procurar. Aquelas rivalidades entre famílias costumavam terminar em morte.

O mafioso me encarou com tanta intensidade que achei que seus olhos explodiriam. — Ninguém lhe perguntou nada, querida.

Wilt se encolheu de dor quando o mafioso o apertou ainda mais.

— Entendo o que você e sua amiga estão fazendo. — Ele acenou com a cabeça em direção a Carolyn. — Ela é sua distração, não é? Ela distrai o restante de nós até que não estejamos mais prestando atenção no jogo.

— Não. Ganhei de forma justa. — Wilt puxou o ombro da mão do homem. — Preciso ir.

— Você não vai a lugar algum. Tem uma dívida grande comigo. — O mafioso agarrou o colarinho de Wilt e puxou-o com tanta força para cima que o garoto quase ficou sem a camisa. O homem tinha o dobro do tamanho de Wilt, quase cento e cinquenta quilos e um temperamento exagerado.

Wilt balançou a cabeça negativamente. — Não devo nada a ninguém. Nem mesmo as horas.

A resposta engraçadinha de Wilt poderia nos colocar em uma encrenca muito grande. Puxei o braço dele. — Wilt, vamos embora.

O mafioso puxou Wilt para o lado contrário, rasgando a costura da camisa dele. Um botão saltou da camisa de Wilt e caiu no carpete grosso do cassino.

O rosto do mafioso ficou vermelho de raiva.

— Carolyn! — chamei. — Venha cá.

Para minha surpresa, Carolyn imediatamente se afastou dos admiradores. — Qual é o motivo da confusão?

— Precisamos de ajuda — sussurrei. — Agora seria um excelente momento para retroceder.

— Ai, meu Deus — disse Carolyn, franzindo a testa. — Wilt está realmente encrencado. Aquele é Jimmy, o braço direito de Manny La Manna. Ele tem um temperamento explosivo. Wilt sabe mesmo como escolher seus inimigos.

— Você não o reconheceu mais cedo? Ele esteve jogando cartas com Wilt durante todo o tempo em que você estava contando as cartas. Como não o viu?

— Ele está muito diferente da última vez em que o vi. Engordou muito. Além do mais, eu estava ocupada, Cen. Contando cartas, contando homens... foi um pouco confuso.

— Preste atenção, tia Pearl. Precisamos desfazer isto.

— Sshh... não me chame assim. Sou Carolyn, lembra?

— Está bem. Só nos tire desta confusão.

Carolyn recuou um passo e cruzou os braços. — Você fala comigo desse jeito e espera favores, mocinha? Bem, não vai ganhar a minha cooperação. Quer outro feitiço de retrocesso? Faça você mesmo.

— Mas não sei...

— Admita que estava errada e peça desculpas.

Dois dos admiradores de Carolyn se aproximaram para ver o motivo da confusão. Eu não queria uma briga, mas também não via por que precisava pedir desculpas. Eu não fizera nada de errado.

Os braços gordos de Jimmy envolveram o pescoço de Wilt, fazendo com que ele engasgasse.

Os braços de Wilt se agitaram ao lado do corpo enquanto ele tentava escapar de Jimmy.

— Tia Pearl, por favor... pode me esquecer. Faça isso por Wilt.

— Pare de usar meu nome de verdade! — Ela estreitou os olhos. — Vai pedir desculpas ou não?

— Está bem, está bem. Desculpe. Lance o feitiço de retrocesso e tire Wilt desse sofrimento! — Eu não aguentaria olhar mais um segundo. Os olhos de Wilt estavam arregalados e saltados por causa da força com que Jimmy o apertava. Ele parecia um inseto prestes a ser esmagado.

— Eu queria muito que você praticasse sua própria magia e não dependesse de mim o tempo inteiro — resmungou Carolyn. — Você podia se esforçar.

Revirei os olhos. Era tarde demais para fazer alguma coisa a respeito, mas, para variar, concordei com tia Pearl. Decidi voltar às aulas assim que voltasse a Westwick Corners, nem que fosse para contra-atacar a irresponsabilidade de tia Pearl.

Tia Pearl estalou os dedos. — Um, dois, três, faça com que não seja...

Minha exclamação ecoou por todo o cassino. O espaço cavernoso ficou assustadoramente silencioso, sem vozes nem barulhos dos caça-níqueis. Centenas de jogadores nas máquinas e nas mesas estavam congelados em vários estados de animação suspensa.

— Ops. — A animação de Carolyn de momentos antes foi substituída por preocupação.

— O que foi? — Olhei para o teto, imaginando se o feitiço de retrocesso afetaria mais alguém no prédio, como os funcionários da segurança observando o cassino pelas câmeras. A bruxaria de tia Pearl estaria registrada para a posteridade se alguém resolvesse analisar as gravações da segurança. Eu tinha certeza de que isso era feito no cassino regularmente.

Carolyn fez uma careta enquanto tentava tirar os dedos de Jimmy do pescoço de Wilt. — Não está funcionando. Parei o feitiço no momento errado e agora não sei o que fazer.

— Você não pode retroceder mais alguns segundos? — Parecia tão óbvio que não entendi por que ela dissera aquilo.

— Não posso avançar e retroceder com precisão suficiente para parar em uma fração de segundo. Mesmo se eu for rápida o suficiente, isso poderá colocar a segurança de Wilt em risco.

— Bem, não podemos deixar que Jimmy estrangule Wilt. — Dei um passo em direção aos dois homens para olhar mais de perto. — Dê-me o seu sapato.

— Não é tão ruim assim, é? — Carolyn inclinou a cabeça ao estudar os dois homens. O rosto de Wilt estava congelado com uma expressão de terror e ele agarrava as mãos de Jimmy com muita força.

— Dê-me seu sapato, depressa!

Carolyn entregou relutantemente o sapato de salto alto. Enfiei a ponta do salto sob os dedos de Jimmy e puxei lentamente até que eles se soltassem do pescoço de Wilt. Em seguida, puxei com o máximo possível de força. Os nós dos dedos de Jimmy estalaram ao se soltarem e ele se afastou de Wilt. Imediatamente perdi o equilíbrio e caí no chão do cassino.

Uma fração de segundo depois, Jimmy caiu sobre mim e tudo ficou escuro.

CAPÍTULO 30

Sentei-me e vi Wilt e Carolyn olhando para mim com expressão de preocupação. — Onde está Jimmy? — Lutei para respirar quando meu peito lentamente se expandiu. Eu me sentia como uma panqueca depois de ter sido esmagada sob o peso de Jimmy.

— Foi embora — disse Carolyn, apontando para a porta ao estender a mão para mim. Ela já calçara novamente o sapato. — Levante-se. Não temos tempo a perder.

Fiz o que ela me disse, mas eu estava confusa. Também sentia uma dor de cabeça intensa. Fiquei de pé em frente a Carolyn e olhei em volta. As pessoas estavam perto das máquinas e das mesas, fazendo apostas como se nada tivesse acontecido. — Qual é a pressa?

Carolyn franziu a testa. — Jimmy contará a Manny e, quando Manny vier atrás de Wilt, descobrirá que eu estava envolvida. Isso será um problema.

Fiquei de boca aberta. — Manny sabe que você é uma bruxa?

— É claro que ele sabe, Cen.

— Achei que você tinha dito que ele era só um caso passageiro. — Se ele sabia dos talentos sobrenaturais de tia Pearl, certamente significava mais do que isso. — Exatamente o quanto o relacionamento de vocês é sério?

— Não falo sobre minha vida amorosa. E certamente não vou discutir os detalhes dela com minha sobrinha. — Ela colocou a mão nos quadris. — Não é da sua conta.

— Você enfureceu um mafioso. E por isso passou a ser da minha conta.

Carolyn fez um gesto de indiferença. — Não há tempo para isso agora. É melhor darmos o fora daqui.

Wilt andou como um zumbi em direção a uma máquina caça-níqueis próxima. Ele vasculhou os bolsos, finalmente virando-os do avesso vazios. Carolyn o chamou e ele nos seguiu. Saímos do cassino para o saguão do hotel.

O saguão estava repleto de hóspedes, a maioria dos quais provavelmente não sabia sobre o tiroteio que ocorrera mais cedo.

— Não vou desistir até que você me conte mais sobre seu relacionamento com Manny. Isso foi antes ou depois que ele se casou com Carla? — Eu me senti mal vestida ao lado de Carolyn, apesar de minha roupa ser semelhante a praticamente todas as outras pessoas no saguão.

— Antes, mas não vejo por que isso importa. Nós nos conhecemos em uma das festas de Carla, quando ela ainda morava em Westwick Corners. Manny passou alguns dias na cidade a trabalho. Ele se sentiu imediatamente atraído por mim. — Carolyn sorriu e correu os dedos pelos cabelos loiros longos.

— Atraída por Pearl ou por Carolyn?

— Isso importa?

— Importa muito. Ele sabe sobre seu personagem Carolyn?

— Sim, ele sabe de tudo. E não a chame assim — fungou Carolyn. — Carolyn é muito real para mim. Posso garantir que ela é muito real para inúmeras pessoas aqui. Incluindo Manny. Ele acha que é *sexy*.

Cobri as orelhas. — Não quero saber. — Eu não queria imaginar minha tia idosa, nem mesmo no alter ego de Carolyn, em uma cena íntima com um membro do sexo oposto.

Virei-me e vi que dois dos homens da despedida de solteiro ainda nos seguiam a poucos passos. — Sei que você está adorando toda a atenção, mas isto está ficando assustador. É como se estivessem nos perseguindo.

Wilt pareceu despertar e marchou em direção aos homens. — Eu cuidarei deles.

Carolyn esperou até que ele estivesse fora do alcance da voz dela e chegou mais perto de mim. — Pelo menos, eles manterão Wilt ocupado por algum tempo. — Ela piscou para os dois homens e seguiu-me até o elevador.

Revirei os olhos, apertei o botão do elevador e rezei para que as portas se abrissem antes que Wilt ou Carolyn se metessem em mais encrencas.

Minhas preces foram atendidas quando as portas do elevador se abriram. Entrei no elevador vazio.

Carolyn entrou atrás de mim. — Jimmy também estava contando as cartas. É por isso que ele estava tão furioso. Ele não queria ter concorrência na mesa. Manny achará que eu ajudei Wilt.

— Você o ajudou. — Fiquei boquiaberta ao perceber as implicações do que Carolyn dissera. — Espere um minuto. Você está dizendo que Jimmy estava contando as cartas com o conhecimento do cassino? — Isso implicava que Rocco também estava envolvido.

— O cassino tem que saber. Eles monitoram tudo, como poderiam não saber? — Carolyn abaixou a cabeça e resmungou baixinho.

— Ei, esperem! — Wilt saltou para dentro do elevador no momento em que as portas se fecharam. O que ele dissera aos admiradores dera certo, pois eles tinham ido embora.

— Como bruxaria é pior do que contar cartas? As duas coisas são trapaça. — Até onde eu sabia, Jimmy fora derrotado no próprio jogo e não gostara de perder. Eu não sabia o que isso tinha a ver com Manny nem com o motivo pelo qual bruxaria era pior do que contar cartas. Para mim, as duas coisas eram formas de trapacear.

— Talvez, mas Manny não vê as coisas assim. Contar cartas é como Manny e os homens dele ganham um pouco de dinheiro. Qualquer bruxaria que sabote o negócio dele não será tolerada.

— A contagem de cartas parece muito trabalhosa. Jimmy teria que ganhar muito para valer a pena. — Perguntei-me se Rocco sabia o que acontecia no cassino dele.

Carolyn revirou os olhos. — Eles procuram gente com muito dinheiro, como Wilt parece ser.

— Do que vocês estão falando? — Wilt esfregou a testa. — Quem estava contando cartas?

— Não se preocupe, conversaremos sobre isso mais tarde. — Virei-me para Carolyn. — Manny não saberá que você estava envolvida.

Carolyn balançou a cabeça negativamente. — As câmeras de vigilância. Qualquer pessoa que assistir verá que tudo congelou no cassino com meu feitiço de retrocesso. Obviamente é magia.

— Duvido. A maioria das pessoas pensaria que o congelamento temporário foi um problema técnico na câmera ou algo assim.

— Exceto que nem todos estavam congelados — retrucou Carolyn. — Não percebe? Isso prova que somos bruxas. Qualquer um que assistir à gravação nos verá andando enquanto todos os outros estão congelados no lugar.

— Ah — respondi. — Eu não tinha pensado nisso. Mas está tudo bem. Basta contarmos a Rocco. Ele já sabe que somos bruxas e pode apagar as gravações.

— Hmmm. — Carolyn franziu a testa.

— Qual é o problema com isso? Manny não trabalha no cassino de Rocco e nunca veria as gravações.

— Acho que esqueci de mencionar essa parte. — Carolyn fez uma pausa e respirou fundo. — Manny já se infiltrou no cassino. Alguns dos homens dele agora são seguranças aqui. Agora que Carla se foi, nada o impedirá que assumir oficialmente o hotel.

CAPÍTULO 31

Saí do elevador e segui Carolyn e Wilt para dentro da suíte. Depois de todo o barulho e a movimentação no andar térreo, o silêncio da suíte causou uma estranha sensação de calma. Eu odiava admitir, mas começava a considerá-la como meu lar.

— Não podemos ficar aqui. Vamos fazer as malas e ir embora. — Carolyn andou na direção da escada, mas parou subitamente. — Os homens de Manny vão rastrear todos os nossos movimentos.

Fiquei boquiaberta. Christophe estava sentado no sofá ao lado de mamãe com uma garrafa de cerveja na mão. Parecia estranho beber durante o trabalho, mas talvez as coisas funcionassem de forma diferente em Vegas. Ainda mais estranha fora a opção de bebida dele, considerando a preferência por preparar bebidas sofisticadas.

Mas foi o homem sentado à frente de Christophe, na poltrona, que chamou minha atenção.

— Tyler! Você está aqui!

Ele sorriu e levantou-se para me cumprimentar. — Quando não tive notícias suas, fiquei preocupado. Essas famílias do crime são perigosas e achei melhor vir até aqui. Peguei um avião.

Como se fosse a coisa mais fácil do mundo.

— Como você nos encontrou? — Aproximei-me dele e beijei-o no rosto.

Ele deu de ombros. — Não foi difícil descobrir. Bastou ir ao lugar onde os Racatellis estão.

Carolyn balançou a cabeça, claramente nada feliz em ver Tyler. — Ficou do lado da lei. Como pôde, Cen? Você mudou de lado.

Tyler franziu a testa. — Eu a conheço? Você parece um tanto familiar.

— Acho que não — disse Carolyn, seguindo Wilt quando ele foi para o pátio. — Já volto.

— Vou com você. — Segui Carolyn quando ela saiu.

— Temos que sair daqui, Wilt. — Carolyn o chamou com um aceno da mão.

— Acabei de conhecer você. — Wilt parou na porta. — Você é bonita e tal, mas eu mal a conheço. Por que você iria querer fugir comigo?

Carolyn soltou um suspiro e jogou as mãos para o alto. — Conte a ele, Cen.

— Contar o que a ele? — Eu certamente não pretendia explicar que Carolyn era apenas um disfarce conjurado por tia Pearl. — Você criou esta confusão e terá que sair dela sozinha.

Wilt balançou a cabeça lentamente. — Vocês duas podem discutir o quanto quiserem. Tenho que sair daqui antes que aquele cara venha me procurar. Vou embora com o trailer. Talvez eu o esconda no deserto.

— Em um trailer gigante? — Carolyn fez um gesto de desprezo. — Claro. Ninguém o notará.

— Você não precisa ser sarcástica — disse Wilt.

Eu me aproximei deles e segurei o braço de Wilt. — Você está louco? Não é páreo para aqueles capangas. Mesmo se sair de Las Vegas, eles provavelmente o perseguirão.

— Não seja ridícula, Cen. Wilt pode desaparecer para sempre com facilidade.

— Para sempre? — Subitamente, ele pareceu em dúvida. — Não

vejo como. Não tenho para onde ir. Não sou bom em nada. Até perdi a srta. Pearl.

Olhei friamente para Carolyn. — Você não pode fazer alguma coisa?

— Você quer dizer, mudar de volta...

— É exatamente o que quero dizer. — Virei-me para Wilt. — Prometa-me que ficará bem aqui até que eu volte. Acho que sei onde tia Pearl está.

Wilt continuou com expressão de dúvida.

— Não posso ajudá-lo a não ser que coopere, Wilt.

— Faça o que ela disse — acrescentou Carolyn ao me seguir para dentro da suíte. Ela sorriu de forma indulgente. — Wilt precisa de um pouco de ar fresco, vamos deixar que ele fique lá fora um pouco. Acho que ele bebeu demais. Falando nisso, eu bem que gostaria de um Cosmo, Chris. Ninguém prepara um Cosmo como você.

Christophe franziu a testa. — Não preparei nenhuma bebida para você ainda.

Fiz um gesto de indiferença com a mão. — Talvez eu tenha mencionado você e suas habilidades para Carolyn. — Olhei friamente para minha tia.

— Um homem de muitos talentos. — Tyler sorriu. — Pelo menos, vocês ficaram em boas mãos, com Christophe protegendo-as. Talvez seja melhor ficar na suíte pelas próximas horas.

— Não podemos — retrucou Carolyn. — Temos que sair daqui.

Tyler estreitou os olhos. — Tem certeza de que não nos conhecemos? Posso jurar que a vi em Westwick Corners.

Meu coração bateu mais depressa quando me preparei para a resposta de Carolyn.

Carolyn bateu os cílios. — West o quê?

— Deixe para lá. — Tyler se virou para mim. — As coisas estão prestes a esquentar. Prometa-me que ficará na suíte?

— Não vamos a lugar algum — respondi.

Subimos a escada e entramos no quarto. — Mude de volta para Pearl agora.

— Não pode esperar?

— Não, tia Pearl. Faça isso agora.

Para variar, ela me deu ouvidos.

Soltei um suspiro de alívio quando uma Carolyn glamorosa lentamente desapareceu e uma tia Pearl desmiolada se solidificou diante de meus olhos. Ela vestia uma roupa branca de tênis, que não era o tipo de traje normal dela. A saia curta expunha as pernas finas e enrugadas com um toque de queimadura de sol. — Ótimo. Vamos descer e fazer com que Christophe ajude Wilt.

— Temos mesmo que envolver a polícia?

Olhei para ela friamente. — Não acho que tenhamos opção.

— Está bem. Faça do seu jeito. — Tia Pearl pegou uma mochila branca grande que estava sobre a cama e pendurou-a no ombro.

— Não vamos a lugar algum — relembrei.

— Eu sei, eu sei. — Ela parecia pronta a sair para uma partida de tênis com a mochila pendurada no ombro.

Eu a segui ao descermos a escada.

— Delegado Gates, que surpresa!

— Vai a algum lugar, Pearl? — perguntou Tyler.

Tia Pearl balançou a cabeça negativamente. — Não. Só estou deixando tudo pronto para minha partida de tênis amanhã.

— Ótimo. Acho que todos precisamos ficar aqui por algum tempo.

CAPÍTULO 32

O aprisionamento em uma suíte luxuosa em um hotel em Las Vegas não foi tão ruim, no fim das contas, especialmente porque Tyler estava lá. Eu nem me importaria de prolongar a estadia um pouco mais. Fiquei emocionada ao saber que ele fizera uma viagem tão longa só para garantir a minha segurança.

Nenhum homem fizera algo parecido por mim antes.

Talvez, no fim das contas, ainda tivéssemos uma chance.

Sorri para ele.

Tyler devolveu o sorriso. — Não foi muito difícil encontrar você, pois eu sabia que estava visitando Rocco Racatelli. Imaginei que você apareceria neste hotel cedo ou tarde.

Rocco.

Tyler.

Eu não sentia nada por Rocco no momento, mas era porque ele não estava perto de mim. O feitiço de atração tiraria meu livre arbítrio novamente? Eu estava preocupada com o que isso significava para mim e para Tyler.

— Mas como... — Olhei rapidamente para Christophe e de novo para Tyler. Pelo jeito, eles já tinham se apresentado. Era uma coisa boa, já que eu não sabia como explicar nosso estranho mordomo para Tyler.

Tyler pareceu ler minha mente. — Christophe é um antigo colega meu. O único motivo de ele estar nesta suíte é para sua proteção.

— Você também era mafioso, delegado Gates? Quem diria. — Mamãe arregalou os olhos em choque ao escorregar para a extremidade oposta do sofá, longe de Christophe. Ela olhou para mim em busca de conforto.

— Mamãe. — A reação de mamãe parecia exagerada, especialmente considerando as péssimas escolhas em relação a namorados.

Tyler riu. — Não se preocupe, Ruby. Christophe e eu trabalhamos juntos como policiais à paisana. Antes de ir para Westwick Corners, eu trabalhava aqui em Vegas.

— Eu sabia que você era bom demais para ser verdade. — Tia Pearl ficou pálida ao olhar para Christophe. — Mas você faz martínis excelentes. Que pena.

Christophe sorriu. — O que posso dizer? Sou um homem de muitos talentos.

— Por que precisamos de proteção? — Eu sabia o motivo exato, mas queria uma resposta direta de Christophe. Se a polícia considerava a morte de Carla um acidente, a presença de Christophe não fazia nenhum sentido.

— Nada que você precise saber no momento — respondeu Christophe.

— E como você sabia que estaríamos aqui? — perguntei. — E Rocco? É ele quem precisa de proteção no momento. — Eu queria respostas, mas não estava conseguindo avançar muito.

— Não se preocupe com ele. Ele está coberto. Cuidamos de tudo. Agora, deixe-me fazer meu trabalho. Vocês ficarão bem — disse Christophe.

— Não precisamos de proteção — protestou tia Pearl. — Somos perfeitamente capazes de nos cuidar.

Segurei o braço de tia Pearl e puxei-a para a cozinha. — Esta é nossa chance de conseguir justiça para Carla. Precisamos mostrar o relatório da autópsia para Christophe.

— Não podemos fazer isso. Ele provavelmente é tão corrupto quanto o resto. Estão convencidos de que a morte de Carla foi um acidente e não quero me envolver. Não há muito que eu possa fazer sobre a incompetência deles.

— De todas as pessoas, achei que você tentaria conseguir justiça para sua amiga. Você me acusa de não me aplicar com minha magia. Bem, você não faz muito esforço na vida real. — Balancei a cabeça. — Achei que Carla era sua amiga. Não se preocupa com ela?

— É claro que sim. Mas há outras formas de se fazer justiça.

— Nenhuma de suas ideias até agora deu certo. Na verdade, você só nos colocou em mais encrencas. E o pobre Wilt agora tem que fugir para ficar vivo, tudo porque você o envolveu em um esquema maluco de contagem de cartas. Você precisa parar com essas confusões agora mesmo, antes que estrague o que a polícia já está investigando. — Eu ainda não sabia o que investigavam e esperava conseguir algumas informações com Tyler.

— Dê-me o relatório da autópsia — disse eu, estendendo a mão.

Tia Pearl recuou, estendendo as mãos. — Acho que perdi.

— É bom que o encontre. A não ser que aquele relatório tenha sido inventado.

Os olhos de tia Pearl se encheram de lágrimas. — É claro que não. Eu nunca forjaria algo assim. Seria algo horrível.

— Eu lhe darei uma oportunidade de consertar as coisas, tia Pearl. — Apontei para a sala de estar. — No outro lado daquela porta, há duas pessoas que podem ajudar. Você vai entregar a elas a prova de que Carla foi estrangulada ou pretende esconder o que sabe?

— Está bem, está bem. Faremos do seu jeito. — Ela me empurrou em direção à porta da cozinha. — Não temos tempo a perder. Jimmy virá atrás de nós.

— Vou chamar Wilt. — Passei por ela e fui até o pátio para chamar Wilt. Abri as portas e saí. Dei a volta no pátio, mas não encontrei sinais dele. Comecei a correr, conferindo cada canto e recesso do lugar. Inclinei-me sobre o parapeito e olhei para a rua lá embaixo, onde várias pessoas perambulavam em volta da entrada do hotel.

Wilt desaparecera sem deixar rastros.

Corri para as portas e quase atropelei tia Pearl. — Ele desapareceu.

O lábio inferior de tia Pearl tremeu. — Como assim?

— Você o ajudou, não foi? Pois não é possível que ele tenha desaparecido do 26º andar deste hotel sem o uso de bruxaria.

— Talvez. — Os olhos de tia Pearl se moveram de um lado para o outro.

— Fugir não resolve nada, tia Pearl. Na verdade, deixa as coisas ainda piores para Wilt. Ele está sozinho e não está pensando claramente. Encontre-o, tia Pearl.

Wilt era desorganizado e desajeitado demais para cometer algum crime, muito menos um assassinato. Ele nem mesmo conseguira seguir o esquema de contagem de cartas de tia Pearl.

Mas talvez não fosse culpa de Wilt, no fim das contas. Lembrei-me dos comentários dele no elevador. Ele parecera desconhecer completamente a contagem de cartas. As alegações de tia Pearl tinham tantas inconsistências que eu nem sabia por onde começar. — Vamos entrar e contar a eles.

Tia Pearl cruzou os braços. — Não.

— Wilt pode ter fugido da polícia, mas não tem como fugir da organização La Manna para sempre. Não importa para onde ele vá, vão encontrá-lo e retaliar. E aí será tarde demais. Pelo menos, com a polícia, ele ficará protegido em custódia.

Pela primeira vez, tia Pearl hesitou. — Acho que você tem razão. Eles o encontrarão e não poderei protegê-lo com minha magia para sempre.

— Ótimo, resolvido. — Segurei o braço magro dela e puxei-a em direção à porta. — Quero que você conte tudo para Christophe e Tyler.

— Tem certeza? Tudo?

— Deixe de fora as bruxarias, é claro. Conte o resto todo a eles, incluindo os relacionamentos românticos e os casamentos de Carla, falsos ou não.

Entrei e dei a notícia: — Wilt desapareceu.

— Isso é impossível. Ele teria que ter passado por nós. E não tem como pular daqui e sobreviver. — Mamãe cobriu a boca com a mão ao perceber o que realmente acontecera.

Tia Pearl tossiu.

— Você não fez isso — sussurrou mamãe ao apertar o braço da irmã. — Você o ajudou, não foi?

— Ai! — Tia Pearl deu um tapa na mão de mamãe. — Eu tinha que fazer alguma coisa. Caso contrário, Wilt certamente morreria quando Manny colocasse as mãos nele.

Tyler ficou boquiaberto. — Você ajudou Wilt a escapar? Mas ele estava ali fora...

Achei o comentário de Tyler estranho, pois ele não tinha como saber o que acabara de acontecer no cassino. — Nós o encontraremos. Podemos discutir os detalhes mais tarde, mas tia Pearl tem outras notícias mais urgentes para você. Certo, tia Pearl?

— Ahã — resmungou ela.

— Fale, Pearl — disse Tyler. — E não deixe nenhum detalhe de fora. Estamos lidando com pessoas implacáveis.

Comecei a suar. — Conte a eles sobre os homens de Manny e como eles se infiltraram na segurança do hotel. Como a fuga de Wilt aparecerá nos vídeos da vigilância, ele está condenado.

Tia Pearl assentiu. — Talvez já seja tarde demais.

CAPÍTULO 33

Tia Pearl caminhou até o saguão, com a mochila ainda pendurada no ombro. — Eu sei onde encontrar Wilt.

— Não, Pearl — disse Tyler. — Você não vai a lugar nenhum.

Tia Pearl olhou para ele friamente, mas voltou para a sala de estar.

Christophe foi até as portas do pátio. Ele falava baixinho no celular. Menos de um minuto depois, voltou para o sofá. — Tenho certeza de que encontraremos Wilt bem depressa. Mas pessoas inocentes normalmente não desaparecessem assim. Do que ele está fugindo?

— De Manny, é claro — respondeu tia Pearl.

— Duvido que seja isso — retrucou Christophe. — Ele tem proteção policial em uma suíte segura. Por que ele sairia para enfrentar Manny? A não ser que houvesse mais alguma coisa.

— Não aguento mais isso! É claro que há mais alguma coisa. Só que vocês são idiotas demais para ver. É a chave para tudo o que aconteceu. — Tia Pearl apertou a cabeça com as mãos. — Vocês não conseguem entender, então vou contar. Danny matou Carla. Wilt testemunhou tudo.

— Danny Battilana, o "Bones"? Isso é impossível, pois ele já estava morto. Quero dizer, nós o vimos no funeral. — Christophe olhou firmemente para mim e pigarreou.

— Isso não significa que ele tenha morrido antes de Carla — disse eu.

Christophe balançou a cabeça negativamente. — Claro que significa. Ele já estava no fundo do caixão dela. Além do mais, a morte dela foi considerada um acidente.

— Bem, eu sei, de fontes seguras, que não foi assim que as coisas aconteceram. — Tia Pearl cruzou os braços em atitude desafiadora.

— Não vejo como. Todos vocês chegaram depois da morte de Carla, incluindo Wilt,. Como ele poderia ter testemunhado a morte de Carla? — Christophe franziu a testa.

Lembrei-me do fiasco do caixão. — Ainda há uma coisa que me incomoda. No funeral, Bones parecia tão... tão... — Não consegui encontrar as palavras certas.

— Como se tivesse passado da data de validade? — perguntou mamãe.

— Sim — respondi. — A julgar pela condição do corpo, ele provavelmente morreu antes de Carla.

— Não, não foi o que aconteceu — disse tia Pearl. — Carla foi embalsamada e ele não. É por isso que a aparência dele estava tão horrível. Além do mais, qualquer embalsamador que se preze teria escondido o buraco de bala na testa de Bones.

Christophe estreitou os olhos. — Você parece saber muita coisa.

Tia Pearl balançou a cabeça negativamente. — Na verdade, não. Só sou muito observadora.

— Bem, uma coisa é óbvia. Rocco nunca teria escondido Danny dentro do caixão da avó — disse mamãe.

— Não tenha tanta certeza — retrucou Christophe. — As pessoas fazem coisas desesperadas para esconder os rastros.

— Podemos voltar ao assunto que interessa? Wilt me telefonou logo depois do acontecido — disse tia Pearl.

— Mas quando? Só partimos para Vegas depois...

— Existem coisas como telefones e *e-mail*, Cen.

Minha tia era notoriamente ruim com tecnologia e eu duvidava que ela usasse uma daquelas coisas. Qualquer comunicação teria sido feita pessoalmente. — Quando você veio a Vegas pela última vez?

Tia Pearl estreitou os olhos. — Faz algum tempo.

— Quando exatamente? — Christophe fez algumas anotações em um bloco de papel pequeno que tirara do bolso da camisa.

— Há uns dois dias.

Mamãe soltou uma exclamação. — Antes de Carla morrer? Por que não nos contou isso antes?

— Vocês não perguntaram. — Tia Pearl olhou friamente para mamãe. — Ah, e mais uma coisa. Ninguém pediu sua opinião. Os seus palpites só estão deixando as coisas mais confusas.

Mamãe ficou pálida.

— Carla me chamou aqui. Disse que era algo secreto, mas, quando cheguei aqui, ela tinha ido.

— Ido como? Morta? — perguntou mamãe.

— É claro que é, morta. — Tia Pearl andou de um lado para o outro em frente às portas do pátio. — Eu a encontrei na piscina. É triste pensar que ela morreu a poucos passos de nós.

— Ela morreu aqui? — Mamãe se levantou de um salto. — Achei que Carla tinha morrido em casa.

— Esta suíte era a casa dela — respondeu tia Pearl.

— Mas... eu entrei naquela piscina. — A voz de mamãe desapareceu.

Christophe afastou o olhar, claramente desconfortável.

— A polícia considerou a morte dela um acidente sem nem mesmo olhar em volta — disse tia Pearl. — E fecharam o caso. A polícia local é incompetente ou foi comprada.

Tyler reagiu irritado: — Não faça acusações sem provas, Pearl. Eu trabalhei aqui e conheço a maioria deles. Nenhum policial que conheço teria acobertado um assassinato.

Eu odiava ficar do lado de tia Pearl, mas ela tinha razão. — Houve algo de estranho sobre como encontraram Carla, com o rosto virado para cima dentro da piscina. Vítimas de afogamento quase sempre estão com o rosto para baixo.

Aquilo chamou a atenção de Christophe e de Tyler. Christophe rabiscou uma anotação.

A última coisa de que precisávamos era um confronto entre Tyler e tia Pearl.

Mamãe cobriu a boca com a mão. — Como pôde não me contar nada disso? E deixar que eu entrasse na piscina?

Pearl fez um gesto de desprezo para a irmã. — Foi exatamente por isso que eu não disse nada. Você sempre exagera.

— Talvez Carla se sentisse como mamãe se sentiu. Só que o acidente dela foi fatal. — Eu disse aquilo mais para encorajar tia Pearl, que parecia relutante em revelar os detalhes. Não podíamos perder mais tempo para chegar ao fundo daquilo.

— Não. Carla foi estrangulada. — Tia Pearl tirou o relatório da autópsia do bolso e entregou-o a Christophe. — A médica legista disse isso, bem aqui neste relatório.

— Onde você conseguiu isto? — perguntou Christophe com a testa franzida.

— Não importa — retrucou tia Pearl. — Quer ou não ler o relatório?

Christophe não respondeu. Ele correu o dedo sobre o relatório enquanto lia. — Sem água nos pulmões. Isso é estranho.

— Agora acredita em mim? — Os olhos de tia Pearl estavam cheios de lágrimas.

— Não sei como interpretar isso — disse Christophe. — Bones já está morto. Eu conheço a médica legista relativamente bem e sei que ela tem excelente reputação. Minha fonte me disse que ela tinha dito que fora um acidente trágico. Não consigo imaginá-la segurando informações nem forjando um relatório.

— Bem, acho que sua "fonte" mentiu. — Tia Pearl fez o sinal de aspas com as mãos. — A médica legista e Wilt são os únicos que sabem a verdade. E Wilt é a única testemunha da morte de Carla. Esse é o motivo real de ele estar fugindo.

— Pois é melhor que nos ajude a encontrá-lo, Pearl — disse Tyler. — Já pode ser tarde demais.

CAPÍTULO 34

Manny e seus capangas já estavam sob vigilância e Christophe emitiu um boletim urgente para que procurassem Wilt. Suspeitei que Wilt não ficaria desaparecido por muito tempo, especialmente no trailer enorme. Senti um leve toque de esperança de que talvez Wilt conseguisse sobreviver, no fim das contas.

— Se o que Wilt disse é verdade, então acho que foi realmente o marido que a matou — disse Tyler. — É o que acontece na grande maioria das vezes.

— Pegaremos o depoimento de Wilt quando o encontrarmos. — Christophe se virou para tia Pearl. — Enquanto isso, conte-me tudo o que sabe.

Tia Pearl ergueu as mãos, com a palma para cima. — Não há mais nada...

— O casamento falso — disse eu.

— Ah, isso. — Tia Pearl olhou friamente para mim. — Bones fingiu ser o marido de luto, mas ele só queria mesmo uma coisa: o império dos Racatellis. Ele forçou Carla a se casar. Ameaçou matar Rocco se ela não se casasse com ele. Ela concordou, mas foi mais inteligente.

Toda a papelada do casamento era falsa. A licença de casamento, a cerimônia, tudo.

Lembrei-me da alegação de Rocco de que Carla tinha um acordo pré-nupcial. Pelo jeito, isso não acontecera... fora apenas uma forma que Carla encontrara de acalmar Rocco para que ele não se sentisse ameaçado. — Bones achou que, ao matar Carla, herdaria o patrimônio dos Racatellis. Ele poderia se livrar de Rocco, pelo menos financeiramente.

Mamãe soltou um suspiro de alívio. — Ainda bem que o casamento era falso. Isso significa que a herança de Rocco está a salvo. Pelo menos de Bones.

Tia Pearl ergueu a mão. — E o pessoal de Manny La Manna no hotel? Ele já colocou os homens dele dentro do hotel, tentando tomá-lo. Ele se infiltrou nas operações do cassino.

Tia Pearl se virou para Christophe. — É por isso que você está aqui? Por causa da tentativa de Manny de tomar o hotel?

— Não posso responder, Pearl. Só o que posso lhe dizer é que estão seguras, desde que fiquem aqui dentro.

— A rivalidade entre as famílias Racatelli, Battilana e La Manna vem acontecendo há muito tempo — disse Tyler. — Não é nenhum segredo. O tiroteio no saguão foi apenas um episódio.

Tia Pearl balançou a cabeça. — Que pena. Manny era o verdadeiro amor de Carla. Eles tinham algo muito bonito.

Franzi a testa, pois eu achava que tia Pearl estava com Manny. — Mas você...

— Eu lhe disse que Manny era apenas um caso para mim — retrucou ela. — Quando Carla me contou sobre o que sentia por ele, terminei tudo imediatamente. Eu não aprovava o marido que ela escolhera, mas quem sou eu para ficar no caminho da felicidade de Carla?

Soltei uma exclamação. — Ela se casou com Manny também? De verdade?

Tia Pearl assentiu. — Aquele casamento era real. Na verdade, aconteceu apenas algumas horas antes da morte dela. Foi um casamento em segredo e fui uma das duas testemunhas. Rocco foi a outra.

Agora as coisas começavam a fazer sentido. — O tiroteio não tinha nada a ver com o império dos Racatellis, tinha? Foi por causa do casamento. Rocco não gostou da ideia e Manny não queria que ele atrapalhasse. Acho que Manny conseguiu o que queria, no fim das contas.

Tia Pearl começou a chorar. — Fiz tudo o que eu podia, mas, no fim, não foi suficiente.

Eu vira minha tia perto das lágrimas muitas vezes, várias delas nas vinte e quatro horas anteriores. Mas nunca a vira chorar de verdade. Coloquei o braço em volta de seus ombros e abracei-a. — Está tudo bem, você fez o melhor que podia. Eu só queria que você tivesse nos contado a verdade desde o início. Teria deixado as coisas muito mais fáceis para todos.

Nós duas demos um salto quando o celular de Christophe tocou.

Ele se levantou e caminhou para a cozinha, falando em voz baixa. Mas, a julgar pela linguagem corporal, pareciam ser notícias boas.

— Eles encontraram os rastros de Wilt e quase foi tarde demais. Os capangas de Manny estão seguindo Wilt. Tomara que cheguemos primeiro.

Mamãe estremeceu.

— Há algumas coisas com as quais precisamos lidar, tia Pearl. Como reunir os documentos de Carla. Para começar, as certidões de casamento. Isso reforçará sua história.

Mamãe se levantou, ainda um pouco cambaleante. — Vou ajudar.

* * *

Demoramos menos de dez minutos para encontrar os documentos na gaveta da escrivaninha de Carla. — Elas parecem de verdade para mim. — Apontei para a certidão de casamento de Danny e Carla ao entregar os papéis a Tyler.

— Não vejo como isso poderia ser de verdade — disse ele. — Carla e Bones tinham uma certidão válida e a cerimônia foi testemunhada por Rocco e pelo gerente do hotel. Onde está a parte falsa?

Tia Pearl ficou pálida. — A certidão de casamento... achei que tinha sido forjada.

— Ahã — disse Tyler. — É da capela logo adiante na rua. O casamento deles foi de verdade.

Christophe franziu a testa. — Tenho apenas uma pergunta e acho que já sei a resposta. Quem matou Bones?

CAPÍTULO 35

Se Christophe e Tyler estavam irritados com a história nada consistente de tia Pearl, não demonstraram.

— Precisamos ouvir a história toda diretamente de Wilt — disse Christophe. — Talvez ele seja uma testemunha melhor.

Tyler assentiu. — Talvez ele tenha matado Carla. Ele não tem um álibi e foi o último a ver Carla viva. — Tyler se virou para tia Pearl. — Pelo menos, de acordo com a versão de Pearl.

— O que quer dizer com isso? — Tia Pearl fez uma careta.

Tyler não respondeu.

— Descobriremos em breve. — Christophe colocou o celular sobre a mesa. — Eles pegaram Wilt. Ele está seguro.

— Que alívio! — exclamou mamãe.

— Eu já lhe disse, não foi Wilt. — Tia Pearl bateu o pé no chão frustrada. — Bones matou Carla, achando que, como cônjuge sobrevivente, herdaria tudo.

— Talvez Rocco tenha forçado Bones a fazer isso. E depois matou Bones — disse Tyler. — Com Bones, o marido de Carla, morto, Rocco fica com tudo.

— Isso é ainda mais ridículo — retrucou tia Pearl. — Pare de dar palpites e aceite os fatos.

— Talvez Manny La Manna tenha matado Carla — disse eu.

— Manny nunca faria uma coisa dessas. — Tia Pearl pareceu ofendida com minha sugestão.

— Você acha que esses caras têm algum traço de moral? — perguntei.

Tia Pearl me encarou friamente.

— Como você sabe tanto sobre essas pessoas? — Christophe coçou o queixo. — Falando nisso, como você sabia que Manny tinha se infiltrado no hotel, Pearl? Parece saber muita coisa para uma observadora inocente.

Senti um arrepio na espinha quando me lembrei do funeral, onde Christophe parecera tão amigo de Manny. Se Tyler confiava nele, Christophe devia ser honesto, mas ainda me senti inquieta. — Conte a ele, tia Pearl.

— Primeiro, quero imunidade, não quero ser processada.

— Não funciona como é na televisão, Pearl. — Christophe sorriu. — Além do mais, não tenho autoridade para fazer isso. Somente o promotor público pode fazer esse tipo de acordo. Entretanto, eu posso levá-la à delegaria para um interrogatório muito longo.

Silêncio.

— Ou você pode cooperar e acabaremos com as formalidades. — Christophe sorriu. — Eu sei qual você escolherá.

— Está bem. — Tia Pearl fez uma careta e sentou-se no sofá.

Por sorte, Christophe não estava interessado nos detalhes da fuga de Wilt, somente em encontrá-lo. Ele pegou o celular que tocava e atendeu: — Está bem, vejo você em dez minutos.

Christophe se virou para tia Pearl. — Eles trarão Wilt para cá em alguns minutos. Enquanto isso, quero que me conte tudo o que sabe sobre Manny. Sou todo ouvidos. Pode começar a falar.

* * *

TIA PEARL TERMINOU de contar tudo dez minutos depois, omitindo os envolvimentos românticos. Aquilo não me surpreendeu, pois a

173

história dela não coincidia com a de mamãe. Uma delas estava mentindo e eu não tinha dúvidas de quem era.

Tia Pearl foi surpreendentemente aberta com Christophe sobre Manny e a infiltração na segurança. Ela também deu informações adicionais sobre as organizações criminosas das famílias Racatelli, Battilana e La Manna que até mesmo Christophe parecia desconhecer.

Pelo menos, ele agiu como se estivesse surpreso. Provavelmente era apenas isso, uma encenação. Ele era um ator surpreendentemente bom, algo que, obviamente, um bom agente disfarçado tinha que ser. Todos nós tínhamos acreditado no disfarce de mordomo dele.

— Foi tudo culpa minha. — Tia Pearl fungou. — Eu só estava tentando ajudar Wilt. Prometi a Carla que cuidaria dele se alguma coisa acontecesse com ela.

Mamãe soltou uma exclamação. — Você conhecia Wilt antes que ele fosse para Westwick Corners?

Tia Pearl assentiu. — Ele me procurou em busca de ajuda. Só o que eu fiz foi ajudá-lo a escapar.

Ergui as sobrancelhas.

— Ok, talvez um pouco de jogo também. Afinal de contas, estamos em Vegas.

— Continue. — Christophe pegou novamente o telefone. — Posso gravar isso tudo?

Ela assentiu.

— De quem Wilt estava fugindo? — Respondi à minha própria pergunta. — Bones? O assassinato dele tem alguma coisa a ver com Wilt?

Tia Pearl assentiu lentamente. — De certa forma.

— O que quer dizer com isso?

— Wilt tinha uma dívida de jogo muito grande. Quando ele descobriu que, no fim das contas, o empréstimo viera de Bones, ficou arrasado. Ele achou que Bones queria matá-lo. Mas Bones nunca faria isso, pois não seria bom para os negócios. Homens mortos nunca pagam suas dívidas, mas homens assustados sim. Isso nunca ocorreu a Wilt. Ele é muito influenciável. E eu precisava ajudá-lo.

Fiquei boquiaberta novamente. Subitamente, o problema que Wilt tinha com jogo fazia sentido. — Wilt conhece Vegas muito bem, não é?

— Sim — respondeu tia Pearl baixinho. — Wilt precisava conseguir o dinheiro de alguma forma e achei que não faria mal ajudá-lo. Wilt e eu éramos uma equipe, mas Manny e Bones descobriram nosso sistema de contagem de cartas. Bones ameaçou contar a Manny. E eu sabia que Manny não hesitaria em nos matar se não parássemos.

— Bem, por que não pararam? Isso deu a vocês um motivo para matar Bones. Foi você quem colocou aquela bala na testa dele? — Eu já sabia a resposta, mas precisava perguntar.

Tia Pearl soluçou de leve. — Não, mas Wilt sim.

CAPÍTULO 36

— Wilt é um assassino? Não consigo acreditar. — Levantei-me e comecei a andar de um lado para o outro.

Tia Pearl suspirou. — Qualquer um pode perder o controle, Cen. Especialmente quando a família está envolvida.

— Como assim? Quem é a família de Wilt? — Cobri a boca com a mão. — Wilt é parente de Bones?

Tia Pearl assentiu. — Wilt é neto de Bones. Ele até mesmo fez um teste de DNA para provar, mas Bones continuava negando. Ele dizia que Wilt era um impostor, que de alguma forma forjara o resultado do teste.

— Como você pode ter tanta certeza de que Wilt está dizendo a verdade? Talvez ele tenha inventado tudo isso.

Tia Pearl balançou a cabeça negativamente. — Não foi Wilt quem descobriu a conexão. Lembro-me de quando Wilt nasceu e conheceu a família. Wilt era apenas um bebê quando ele e a mãe, Della, dois inocentes, foram pegos no tiroteio de um ataque de gângsters. O pai de Wilt também morreu, mas ele era parte do tiroteio.

— Wilt não morreu naquele dia, mas não sabíamos disso na época. Della o protegeu dos tiros com o próprio corpo e isso salvou a vida dele. Mas Carla só descobriu isso muitos anos depois. Era um segredo que apenas Bones e as pessoas que o ajudaram a acobertar sabiam. Em resumo, Wilt perdeu o pai e a mãe naquele dia.

— Bones se sentiu tão culpado pela morte da filha que não aguentava nem olhar para o filho dela. Oficialmente, o corpo de Wilt nunca foi encontrado. Oficiosamente, ele foi colocado em um orfanato com outra identidade. Wilt era jovem demais para saber quem eram seus verdadeiros pais ou que tinha um avô por perto que o deserdara. Bones mandava dinheiro para o orfanato todos os meses, mas mantinha isso em segredo. Wilt cresceu sem saber qual era sua identidade real.

— Então como...

— Carla descobriu sobre os pagamentos secretos logo depois de se casar com Danny e ficou imaginando o que eram. Pagou um detetive particular para investigar o orfanato. Os pagamentos eram feitos havia décadas, desde a época do tiroteio que matara os pais de Wilt e, supostamente, o próprio Wilt. Ela sempre se perguntara por que o corpo do garoto nunca fora encontrado. E tudo passou a fazer sentido.

— Como ela podia ter certeza de que era ele?

— Aquela marca de nascença na testa dele é única. Era igual à que ele tinha quando era bebê — respondeu tia Pearl. — Você pode imaginar o que aconteceu quando nós o levamos até Bones.

Soltei uma exclamação. — Carla o confrontou?

— É claro que sim. Ela queria que Danny reconhecesse o neto. Ela odiava a ideia de Wilt ter crescido na pobreza em um estabelecimento do governo quando, a poucos quilômetros, o avô vivia no luxo.

— E Bones... quero dizer, Danny... ainda queria acobertar depois de todos esses anos. Ele queria fingir que Wilt não existia. — Talvez fosse melhor se Wilt nunca tivesse descoberto que Danny Battilana, o "Bones", era avô dele. No momento, as coisas não estavam muito boas para ele.

Tia Pearl assentiu. — Carla insistiu no assunto e ele finalmente admitiu a existência de Wilt. Claro que isso fez com que ele parecesse mau. E ele não queria que a notícia se espalhasse.

Franzi a testa, percebendo que isso também dava a Wilt um bom motivo para matar Bones. — Por que Carla esperou décadas para expor a verdade?

— Ela sempre se sentiu culpada e tinha medo de Bones. Mas, ao ficar mais velha, isso passou a incomodá-la cada vez mais. Ela não queria que Wilt continuasse sem saber. Isso a devorou por dentro, pois sabia que poderia consertar as coisas. No fim, a consciência dela venceu.

Finalmente percebi o que acontecera. — Foi por isso que Bones matou Carla, não foi? Não foi para ganhar controle dos negócios dos Racatellis. Foi porque ele queria manter segredo a todo custo sobre a existência de Wilt.

Tia Pearl assentiu. — Bones estrangulou Carla e, em seguida, jogou-a na piscina para parecer que fora um acidente. E ele se safou, pois nunca será condenado. — Ela olhou friamente para Christophe.

— Ele está morto, portanto, no fim das contas, não se safou de nada — comentei.

— Você me deu provas o suficiente, podemos reabrir o caso — disse Christophe.

Tia Pearl apontou para o relatório da autópsia. Ela o entregou a Christophe. — Como diz o relatório, Carla foi morta antes de entrar na água.

— Não havia água nos pulmões dela porque ela já estava morta. — Apontei para a parte inferior da página. — A morte dela foi considerada homicídio, mas a polícia chamou de acidente. — Eu só esperava que o que tia Pearl providenciara fosse o relatório real da autópsia, não algo inventado.

Christophe pegou os papéis da mão de tia Pearl. — Eu mesmo vou conversar com a médica legista.

Tia Pearl ficava cada vez mais inquieta ao falar. Ela olhava constantemente para o relógio, com uma camada fina de suor cobrindo-lhe a testa. Ela era um risco e não se incriminaria sem um pouco de encorajamento. Mantive a mão nas costas dela e empurrei-a de leve para que se sentasse no sofá. — Continue falando.

— Só sei o que Wilt me contou — disse tia Pearl. — Wilt queria confrontar o avô depois que Carla lhe contou a verdade. Ele ficou arrasado quando descobriu que o avô o abandonara. Infelizmente, Wilt tinha um problema com jogos de azar e isso só ficou pior. Mesmo antes de ter a oportunidade de confrontar Danny, ele já acumulara uma dívida imensa.

— Mas você só conheceu Wilt em Westwick Corners — disse eu. — Você me disse que viríamos para Las Vegas para o funeral de Carla.

— Como você acha que fiquei sabendo do funeral de Carla? — Tia Pearl se levantou do sofá e andou de um lado para o outro. — Wilt me procurou logo depois da morte de Carla. Ela se reencontrara secretamente com Wilt alguns meses antes.

— Reencontrou-se com ele? Não estou entendendo.

— Carla era madrinha de Wilt. Ela era como uma mãe para Della e fora muito apegada ao bebê dela. Foi ela quem contou a Wilt sobre a verdadeira identidade dele. — Tia Pearl limpou uma lágrima do rosto. — Carla me telefonou e perguntou se eu o protegeria, caso fosse preciso. Depois ela morreu de forma súbita. Foi quando Wilt me procurou. Ele testemunhou o assassinato de Carla porque estava hospedado aqui, nesta suíte.

— Por que você não contou nada disso para a polícia antes? — Agora eu entendia por que Wilt preferira ficar no trailer em vez de na suíte.

— Bones sempre fazia o que queria e nunca houve nenhuma consequência — disse tia Pearl. — Eu não queria colocar Wilt em perigo porque Bones nunca deixaria testemunhas. Obviamente, nada disso importa agora.

— Talvez, mas ele está morto agora. Portanto, não se safou do assassinato.

— Não, mas os dias do pobre Wilt estão contados, mesmo com a proteção da polícia.

— Espere um minuto... se Carla morreu primeiro e Bones, seu marido legítimo, morreu em seguida, isso não torna Wilt o herdeiro sobrevivente, não Rocco?

Tia Pearl assentiu lentamente. — Viu agora qual é o meu problema? Isto está longe de terminar.

CAPÍTULO 37

Dois policiais uniformizados entregaram um Wilt com aparência exausta na suíte. — Tem certeza de que quer ficar com ele aqui?

Christophe assentiu. — Quero conferir algumas coisas primeiro. Vocês podem ficar no saguão e vigiar o elevador. Não quero que ninguém entre aqui, entendido?

O policial mais velho assentiu e os dois foram para o corredor, com as armas na mão.

Wilt ergueu os pulsos com algemas. — Foi um acidente. Eu só apontei a arma para Danny, mas ele me atacou para pegá-la. Nós lutamos e a arma disparou. Eu não pretendia matá-lo.

— Chega de falar até conseguirmos um advogado para você. — Tia Pearl fez um momento de corte na garganta e, em seguida, jogou o celular para mim. — Cen, telefone para um advogado.

Peguei o celular de minha tia e fiz uma careta. — Você podia ter me emprestado seu celular mais cedo. — Ela o escondera de mim de propósito.

— Nem tudo é sobre você, Cen. — Tia Pearl se virou para Christophe, encarando-o friamente. — Foi autodefesa. Qualquer idiota pode ver isso.

Christophe a ignorou. — Por que você fez isso, Wilt? Por que esperou todos esses anos?

— Eu não esperei. Não sabia que tinha parentes vivos até que Carla me contou há alguns dias. Ela achou que eu tinha o direito de saber que era um Battilana, mesmo que Danny negasse.

Tia Pearl ergueu a mão. — Wilt... pare.

— Não, quero falar, com ou sem advogado. Quero esclarecer as coisas. — Wilt respirou fundo. — Eu estava dormindo lá em cima no dia em que Carla morreu. Acordei com gritos vindos do pátio. Reconheci a voz de Carla, que discutia com um homem. A discussão aumentou e corri para fora. Mas era tarde demais. Não consegui salvar Carla.

Christophe fez anotações furiosamente no caderninho. Em seguida, pegou o celular. — Você se importa se eu gravar?

Wilt balançou a cabeça negativamente. — Não tenho nada a esconder. Quando cheguei do lado de fora, Danny estava com as mãos em volta do pescoço de Carla. Quando ele a soltou, ela caiu. Não estava respirando. Tentei ressuscitá-la antes que Danny me puxasse.

— Coitada da Carla — disse tia Pearl. — Eu disse a ela para não fazer isso, para deixar as coisas em paz. Mas ela insistiu que era a coisa certa a fazer. Foi esse o verdadeiro motivo pelo qual Bones a estrangulou.

Subitamente, tudo fez sentido. O surgimento súbito de Wilt no posto de combustível em Westwick Corners. Ele fora procurar a ajuda de tia Pearl, a amiga mais próxima de Carla. Infelizmente para Wilt, tia Pearl nem sempre pensava de forma lógica. O plano maluco dela só deixou as coisas piores ao ponto de quase saírem do controle.

— O que aconteceu a seguir, Wilt? — perguntou Tyler.

— Os momentos seguintes são um borrão. Danny bateu na minha cabeça com uma cadeira e desmaiei. Quando recobrei a consciência, ele arrastava Carla para a piscina. Foi quando peguei a arma daquela mesa. — Ele apontou para a escrivaninha francesa perto das portas do pátio.

— Só peguei a arma para assustá-lo. Eu nem sabia se a arma estava carregada, não tive tempo de olhar. Danny veio para cima de mim e jogou-me no chão. A próxima coisa que lembro foi da arma disparando. Por um segundo, achei que ela atirara para cima, mas foi quando Danny caiu sobre mim. Nesse momento, percebi que a bala o atingira.

— Foi quando você me telefonou — disse tia Pearl. — Foi autodefesa.

Meu olhar encontrou o de mamãe e vi que ela pensava o mesmo que eu. Tia Pearl era potencialmente cúmplice de assassinato. Ela quase certamente ajudara Wilt a se livrar do corpo.

Estranhamente, Christophe não perguntou nada sobre isso. Em vez disso, foi até o saguão e disse algo para os homens uniformizados. Segundos depois, eles foram embora pelo elevador.

— Manny La Manna foi preso por lavagem de dinheiro e receptação — disse Christophe. — Há outras acusações pendentes, mas não tenho a liberdade de dizer quais são no momento.

— Onde está Rocco? Ele está bem? — Imaginei um confronto entre Rocco e Manny. Eu não tinha certeza se Rocco conseguiria sair ileso.

Christophe assentiu. — Ele está bem. Tem nos ajudado há algum tempo na investigação sobre a família La Manna. Diferentemente de Carla, ele nunca esteve envolvido em atividades criminosas. Nunca quis ser parte da organização criminosa dos Racatellis. Mas, gostando ou não, ele nasceu nessa família.

— Por que ele não está aqui?

— Ele virá quando o interrogatório terminar. Foi ideia dele que vocês ficassem aqui. Ficou surpreso quando vocês todos apareceram e preocupado com sua segurança.

As famílias criminosas me deixavam confusa, mas os casamentos me atordoaram ainda mais. — E o casamento de Carla com Manny? Como marido de Carla, ele não herdaria o patrimônio dela?

— Não — respondeu Christophe. — O casamento deles foi real, mas também era nulo porque Carla já estava casada com Danny. No fim das contas, o casamento falso com Danny acabou sendo de verdade.

Mamãe soltou uma exclamação. — Ela era bígama. Então, quem é o herdeiro de Carla? Se ainda é Bones... quero dizer, Danny... tudo irá para Wilt.

Wilt acenou com as mãos algemadas. — Não quero nada.

— Você não ficará com nada. Bones não pode herdar porque matou Carla. Wilt não pode herdar de Bones. Quando todos os aspectos legais forem analisados, Rocco será o único herdeiro. Como antes — disse tia Pearl.

— Você tem certeza de que Rocco não... — A campainha do elevador tocou e minha voz sumiu. Manny fora preso, mas talvez tivesse mandado um dos capangas atrás de nós.

Ninguém mais parecia preocupado além de mim.

— Sim, tenho certeza — respondeu Christophe. — Nós o mantivemos sob vigilância constante nas semanas antes da morte de Carla, o que continuou até este momento. Falando nisso, aí está ele.

Rocco entrou na suíte, sorrindo. — Fico muito aliviado por isso estar finalmente no fim. Preciso de uma bebida.

Tia Pearl inclinou a cabeça na direção de Christophe. — Chris, faça as honras.

Mamãe se levantou e mancou em direção à cozinha. — Deixe que eu cuido disso. Christophe me passou a receita das bebidas e estou ansiosa para experimentá-las. Volto já.

— Que tal uma margarita, Ruby? — Rocco sorriu para ela.

Mamãe parou na porta da cozinha. — Esqueça a margarita. Vou fazer para você uma receita especial de Christophe. Você sabe, daquelas que deixam as pessoas incapacitadas.

Mamãe sorriu para mim. — Essa bebida é muito útil em uma jarra. Já consigo pensar em algumas formas de usá-la.

CAPÍTULO 38

Tia Pearl, mamãe e eu estávamos sentadas em máquinas caça-níqueis vizinhas. Eu estava no meio delas e senti-me encurralada. Eu estava presa a elas, pelo menos até que Tyler voltasse da delegacia. Ele acompanhara Christophe até lá para dar um pouco mais de informações sobre os eventos das horas anteriores e, supus, falar com alguns dos antigos colegas.

De forma mecânica, puxei a alavanca para baixo, torcendo por uma trinca que nunca acontecia. Estávamos lá havia mais de uma hora e eu não ganhara absolutamente nada. Tia Pearl, por outro lado, parecia estar com uma maré de sorte.

Ela se inclinou para perto de mim. — Usei um feitiço em Manny para neutralizá-lo. — Ela piscou para mim. — Como fiz com você e Rocco.

— Eu sabia! Todos aqueles sentimentos estranhos que tive por Rocco não faziam o menor sentido. E eu não chamaria aquele feitiço de neutro.

— Está bem, vermelho pimenta. — Tia Pearl riu.

— Você me manipulou. Como pôde fazer algo assim? — Além de ser traiçoeiro, ameaçava sabotar meu relacionamento com Tyler.

Obviamente, era exatamente o que tia Pearl queria. A ideia de eu namorar o delegado a deixara em pânico.

Subitamente, tive dúvidas sobre Tyler e eu. E se ele não estivesse realmente atraído por mim? E se, em vez dos próprios sentimentos, fosse um dos feitiços de tia Pearl?

Como eu saberia o que era real e o que era inventado?

Seria a vingança máxima, com um toque de crueldade. — Você colocou mais algum feitiço em mim?

— Como o quê?

— Ah, não sei. Algum outro feitiço do amor?

— Relaxe, Cendrine. Se você praticasse a bruxaria, nem que fosse um pouco, teria imediatamente detectado o feitiço. Você poderia tê-lo combatido. No fim das contas, a culpa é sua.

— Ora, Pearl... — Os protestos de mamãe caíram em ouvidos moucos.

Obviamente, eu detectara o feitiço, mas decidira me fazer de boba. Com tia Pearl, frequentemente era melhor jogar com as cartas bem escondidas. Ela era completamente imprevisível. Mas tinha razão em uma coisa.

Eu deveria respeitar e desenvolver meus talentos naturais. Talvez, se tivesse tempo, se não me ocupasse tanto tirando tia Pearl de inúmeros desastres e fiascos. Mas dependia de mim arranjar tempo e era exatamente o que pretendia fazer.

Se eu me esforçasse bastante, talvez até mesmo conseguisse lançar um feitiço em tia Pearl para mantê-la fora de confusões. Aquela ideia me energizou e eu mal podia esperar para voltar à bruxaria. Só que, desta vez, pretendia fazer as aulas em segredo, sem tia Pearl como instrutora. Eu mostraria a ela do que era capaz.

Percebi que estava fazendo exatamente o que tia Pearl queria que eu fizesse desde o começo. Mas, em vez das aulas de bruxaria impostas por minha tia, eu as faria por vontade própria.

— Não entendo você, Pearl — disse mamãe. — Você já é milionária. Por que está jogando na máquina caça-níqueis?

— Ora, eu poderia comprar este lugar — retrucou Pearl. — Sou mais rica do que vocês todos juntos.

Olhei para ela friamente. — Não precisa esfregar isso na nossa cara.

Tia Pearl riu. — Não vou manter o dinheiro por muito tempo. O que sobrar depois da conta dos advogados de Wilt irão para minha caridade favorita.

— Ah, é? E qual é? — perguntou mamãe.

— A Sociedade para Revitalização de Westwick Corners.

— Mas não temos uma sociedade. — Só o que tínhamos era papo furado. As reclamações constantes de tia Pearl sobre os turistas pareciam contrárias à ideia de criar algo que atraísse pessoas. A ideia de que ela contribuiria para levar visitantes para Westwick Corners desafiava a lógica. Eu simplesmente não acreditei nela.

Senti um olhar em mim e virei-me para encarar Rocco. A atração física que eu sentira antes desaparecera, mas fora substituída por algo novo. Em vez da antipatia que eu sentia pelo antigo Rocco, agora sentia uma afeição genuína. A idade e a distância tinham mudado nós dois. E, agora que o feitiço sumira, eu sentia algo por ele que nunca sentira.

Amizade.

— Quem quer jantar um belo bife? — Rocco acenou na direção da rua. — Há um restaurante italiano muito bom aqui perto.

— Vamos encontrar algum gângster? — perguntou mamãe.

— Não posso garantir nada, mas espero que sim. — Rocco olhou para o bar com melancolia. — Vou sentir falta deste lugar, mas não dos jogos de azar nem da vida de crimes que o acompanham.

Tia Pearl estreitou os olhos. — Ai, não, olha só quem se aproxima.

Encontrei o olhar de Tyler e sorri. — Ele pode jantar conosco.

— Você precisa mesmo convidá-lo? Acho que perdi o apetite — resmungou tia Pearl.

Subitamente, tive vontade de experimentar o feitiço de amizade que praticara em segredo.

Estalei os dedos duas vezes e sussurrei o feitiço. — Vamos.

Tia Pearl sorriu quando Tyler colocou o braço dela em volta do seu. — O que poderia ser mais divertido do que jantar com um homem tão bonito?

Tyler sorriu e dei uma piscadela.

Tia Pearl não era a única com uma carta na manga.

om o assassinato de Carla solucionado e Wilt atrás das
grades pelo assassinato de Danny Battilana, o "Bones", não
havia mais motivos para continuar em Las Vegas.

Era improvável que tia Pearl causasse mais alguma confusão, mas
eu não conseguiria descansar enquanto não soubesse que ela estava
seguramente fora da cidade. Insisti para que tia Pearl e mamãe reser-
vassem passagens aéreas para voltar para casa. Quando isso foi feito,
fomos diretamente para o aeroporto.

Tyler andou à nossa frente pelo aeroporto movimentado de Las
Vegas, carregando as malas de mamãe e de tia Pearl. Mamãe segurava
uma pasta cheia de receitas de bebidas de Christophe, enquanto tia
Pearl carregava uma maleta pequena. Eu não tinha ideia do que ela
continha, mas decidi não perguntar. Às vezes, era melhor não saber,
especialmente em se tratando de minha tia. Ela teria que passar pela
segurança e não me preocupei demais.

Aumentei a distância entre nós. — Lembre-se, nada de bruxarias
no avião. Você não pode assustar a tripulação nem os passageiros.

— Não use suas táticas de medo em mim, mocinha. — O humor
jovial de tia Pearl desaparecera. — Já me resignei a ficar presa naquela

lata de sardinhas voadora. Você não precisa esfregar isso na minha cara.

De certa forma, era bom ver tia Pearl voltar ao humor rabugento de sempre.

— Não se preocupe, Cen. Agiremos normalmente. — Mamãe apertou minha mão.

— Você não precisa nos seguir até a segurança. Somos perfeitamente capazes de nos cuidar — protestou tia Pearl.

— Talvez capazes demais — retruquei. — Quero ver as duas entrando naquele avião. — Eu estava confiante de que minha tia não usaria nenhum truque depois de embarcar. Mas, até que passasse pelo portão de segurança, ela era um risco. Eu não tinha a menor ilusão a esse respeito.

— Não vejo por que não podemos usar um pouco de magia — reclamou tia Pearl. — Ruby e eu poderíamos ter sido teletransportadas de volta para Westwick Corners mais depressa do que o tempo que levamos para chegar aqui.

— Chega de bruxaria, tia Pearl. Pelo menos, até estar de volta em segurança em Westwick Corners. — Eu providenciara para que tia Amber as encontrasse no aeroporto de Shady Creek para levá-las de carro até Westwick Corners.

Tia Amber também era uma agente de alto escalão da WICCA e tinha os próprios motivos para garantir que tia Pearl se comportasse. As punições da WICCA provavelmente seriam mínimas, mas, pelo menos, tia Pearl teria que responder a alguém. A última coisa que ela arriscaria perder era a licença para praticar bruxarias.

Alguém do *Shady Creek Tattler* certamente estaria esperando a chegada de tia Pearl e mamãe, e era uma história que eu queria que terminasse bem. — Não faça nada idiota que possa prejudicar nossa existência pacata em Westwick Corners.

Apesar de ela poder tecnicamente se teletransportar quando saísse das minhas vistas e estivesse no avião, eu contava com mamãe para dissuadi-la. As pessoas não desapareciam sem deixar rastros em voos comerciais e a última coisa de que precisávamos era um incidente que atraísse atenção internacional. Como tia Pearl já estava encrencada por causa do esquema de contagem de cartas, eu tinha quase certeza de que não faria nada tolo.

Paramos a poucos passos do portão de segurança.

— Você tem sorte de Wilt ter feito uma confissão completa. Caso contrário, talvez não pudesse voltar para casa. Ficaria presa em uma cela, como ele. — Olhei para mamãe. — Fique de olho nela. Verei vocês em alguns dias.

— Acho que preciso de férias das minhas férias — disse mamãe, soltando uma risada.

Eu ainda não sabia exatamente quanto tia Pearl ganhara na loteria. Mas, pelo jeito, fora o suficiente para contratar um advogado criminal de primeira linha para Wilt e para pagar a fiança dele. Wilt tinha planos de participar de um programa de reabilitação de jogos de azar enquanto esperava o julgamento. Ele estava em boas mãos.

Chegamos no portão de segurança e despedimo-nos. Em seguida, mamãe e tia Pearl passaram pelo portão.

Virei-me para Tyler e beijei seu rosto. — Não acredito que você veio até Las Vegas. Como sabia que eu precisava de ajuda?

— Foi só um palpite. Eu tinha a sensação de que você estava com problemas. — Ele me puxou e pressionou os lábios nos meus.

Eu não sabia se ele se referia aos Racatellis ou a tia Pearl, mas não precisava de uma resposta, pois tinha outras coisas na mente.

Assistimos enquanto o avião de mamãe e tia Pearl decolava. Em seguida, voltamos para o estacionamento do aeroporto, onde o trailer estava estacionado. Nossos planos eram dirigi-lo de volta até a concessionária em Shady Creek de onde tia Pearl o tirara.

No fim das contas, o trailer era real. Tia Pearl não o conjurara. Ela o pegara para um teste na estrada e simplesmente não o devolvera. Ela o fizera desaparecer uma vez simplesmente para me enganar. Era a única coisa sobre minha tia que era previsível: ela faria de tudo para me enganar sempre que pudesse. Era uma forma de entretenimento para ela.

Todo o resto era verdade. Tia Pearl realmente ganhara na loteria e Wilt era mesmo neto de Danny Battilana, o "Bones".

CAPÍTULO 40

O sol apareceu por entre as nuvens baixas ao dirigirmos para o norte na Interestadual. Enfrentamos o sol, a chuva e, finalmente, uma tempestade que ameaçou no atrasar nas montanhas que dividiam Nevada do norte da Califórnia. Terminamos de atravessá-las quando o sol voltou a brilhar.

Olhei para Tyler no banco do motorista do trailer. Era estranhamente reconfortante estar no meio de uma tempestade com ele. E estranhamente romântico estar em nosso refúgio sobre rodas.

O patrimônio de Manny fora confiscado e ele permanecia preso sem fiança.

Rocco decidira vender o hotel e distanciar-se da "família". Um investidor anônimo já fizera uma oferta generosa a Rocco, obviamente com encorajamento de tia Pearl, que possibilitaria uma saída segura a ele.

Mamãe, tia Pearl e um pouco de magia garantiriam a Rocco uma transição tranquila para a vida nova. Eu não sabia exatamente o que seria, mas não importava.

— Ah, eu quase me esqueci. — Tyler estendeu o braço para trás e entregou-me minha bolsa. — Encontrei sua bolsa no banco da frente quando seu carro foi rebocado para casa.

Abri a bolsa e peguei meu celular. Desbloqueei a tela, aliviada ao ver que ainda tinha bateria. Verifiquei o correio de voz. — Parece que a notícia já se espalhou. O *The Shady Creek Tattler* quer minha história. Na verdade, querem me contratar imediatamente.

Tyler sorriu. — E você vai aceitar?

Dei de ombros. — Não sei. Acho que vou pensar melhor sobre o assunto. — Eu teria aceitado o emprego em quaisquer termos alguns dias antes. Mas, depois daquela última aventura, percebi que, dali em diante, as coisas seriam nos meus termos.

Subitamente, percebi que a bruxaria me dava uma vantagem sobre outros jornalistas. Eu poderia conseguir histórias que outras pessoas não conseguiriam, usando apenas meus talentos naturais. Pois era isso que elas eram: perfeitamente naturais. Eu só precisava dominar o poder de algo que já era meu.

— Vamos para casa. — Sorri para Tyler ao procurar uma música animada no rádio.

— Primeiro as coisas mais importantes — disse Tyler. — Não estamos esquecendo de algo?

Percorri minha lista mental. Bagagens, combustível no tanque, mamãe e tia Pearl entregues em segurança no aeroporto.

Feito.

Balancei a cabeça negativamente. — Não. Acho que fizemos tudo.

— Nosso encontro? — Tyler sorriu. — Viajei centenas de quilômetros para ver você, mas não tivemos nosso encontro.

Olhei para ele e sorri. Eu passara de uma obsessão com nosso encontro para mal pensar nele, agora que Tyler estava comigo. Parte disso se devia à enormidade dos eventos que aconteceram, mas o verdadeiro motivo era que eu só precisava estar perto dele. Já era como se fosse um encontro. Eu não precisava de um jantar chique nem nada parecido. Só precisava daquele homem ao meu lado.

Ainda assim, eu me sentia mal.

— Lamento muito sobre nosso encontro, Tyler. Eu não esperava ser sequestrada, nem ir para Las Vegas nem nada disso. — Tia Pearl tinha o dom de acabar com os meus planos. — Vou compensar você, prometo.

— Não, não lamente. Não foi culpa sua. Além do mais, tenho uma ideia. — Ele pegou a próxima saída da estrada e virou à direita, cerca de um quilômetro depois, em um entroncamento.

— Para onde estamos indo? — Não havia cidades próximas, mas a placa indicava um posto de combustível a pouco mais de meio quilômetro de distância. Havia apenas um caminho para Westwick Corners e não era aquele. Era mais um sequestro, mas contra o qual eu não pretendia protestar. — É melhor garantir. Coisas ruins acontecem quando fico sem gasolina.

Tyler sorriu. — Não é só de gasolina que precisamos. Você verá.

Ele reduziu a velocidade quando saímos do asfalto para uma estrada de terra cheia de buracos. A estrada estreita contornava uma colina e mal havia espaço para um carro passar no sentido oposto. Não que houvesse tráfego. Fiquei imaginando a viabilidade de um posto de combustível no meio do nada.

Alguns minutos depois, chegamos ao posto. O Nine Mile Gap era um posto minúsculo no meio do nada. Já estávamos na metade da manhã, mas não havia sinais de vida em lugar nenhum, nem mesmo no posto de combustível, que era um prédio de metal pequeno com uma única bomba enferrujada. Totalmente morto.

— Esse lugar não parece estar vivo. — Olhei para as janelas cobertas de poeira e graxa ao entrarmos no pátio do posto.

— Não está. Foi aqui que cresci — disse Tyler. — Era um lugar parecido com Westwick Corners. Agora, parece uma cidade fantasma.

— Até mesmo o posto de combustível está fechado. — A única bomba de combustível estava enferrujada, com ervas daninhas subindo pelo bico. Os números em estilo antigo que giravam à medida que a bomba funcionava estavam congelados no tempo, mostrando o preço de vinte centavos por galão. Senti pena de Tyler.

A passagem do tempo raramente era gentil com as lembranças. Não era possível voltar no tempo sem se desapontar. As coisas raramente eram iguais às lembranças.

— Está tudo bem. Não estamos aqui por causa do combustível. — Tyler estacionou o trailer na extremidade do pátio e desligou o motor. — Nosso encontro começa agora.

Ele saiu do banco do motorista, deu a volta no trailer e abriu a porta do passageiro para mim. — Conheço um restaurantezinho muito bom aqui. É um segredo muito bem guardado, muito exclusivo.

Saí do trailer, segurando a mão estendida dele.

Passamos pela lateral do posto, além de um prédio antigo de três andares. Viramos a esquina e chegamos a uma rua de pedra.

Fiquei de boca aberta, maravilhada. Estávamos na calçada da rua principal de uma cidade fantasma dos anos 1950 completamente restaurada. Tudo estava imaculado e recém-pintado, mas não havia uma alma viva por perto. Era como se o tempo tivesse parado em uma era que não existia mais.

— Era uma cidade empresarial há algum tempo. Mas a mina fechou e tudo foi esquecido.

Fiquei imaginando que segredos aquela cidade guardava por trás das fachadas bonitas.

Andamos lentamente pela rua de mãos dadas. — Ela me lembra Westwick Corners, só que mais quieta. — Eu nunca teria achado que isso seria possível, mas era.

Tyler sorriu. — Achei que você gostaria do lugar. Agora vamos. Estou esperando esse nosso encontro há muito tempo.

Segui Tyler até uma cafeteria pequena, com floreiras cheias de lavandas e dentes-de-leão. O restaurante parecia ser o único lugar aberto. O piso gemeu sob meus pés quando passei pela porta e entrei para o interior fracamente iluminado.

Uma mulher atraente, que parecia ter quase cinquenta anos, nos recebeu e acenou em direção à lateral do restaurante, onde havia uma mesa ao lado da janela. Um ventilador de teto fazia um barulho suave, criando uma brisa refrescante. Segui a mulher até a mesa, que tinha vista para um riacho borbulhante rodeado pela mata. Era como se estivéssemos em outro mundo. — Aqui está bom? — Ela piscou para Tyler, que assentiu.

— É lindo. — Soltei um suspiro ao me sentar.

A mulher sorriu para mim ao entregar o cardápio. Tyler pediu refrigerantes para nós dois.

Esperei até que ela se afastasse para olhar para Tyler. — Espero que não esteja desapontado demais por não termos ido àquele restaurante francês. Vou compensar você.

Tyler sorriu. — Não importa de verdade o lugar aonde vamos. Na verdade, este lugar pode ser melhor.

Franzi o nariz. — Sei o que quer dizer. Restaurantes sofisticados normalmente têm porções minúsculas. Eu poderia comer um boi agora.

Tyler riu. — Não foi isso que eu quis dizer.

— O que foi então? — Subitamente, percebi o que era. — A garçonete reconheceu você imediatamente. Você veio aqui recentemente.

— Muitas vezes, Cen.

Subitamente, senti-me constrangida. — E o que é? Vocês dois se conhecem, não é?

— Eu estava imaginando quando você perceberia. Esta não é só minha cidade natal, Cen. Aquela mulher é minha mãe.

— Sua mãe? — Fiquei boquiaberta e ainda mais constrangida ao olhar para minhas roupas cheias de poeira. Arrumei os cabelos. — Você nunca me disse que tinha vindo de uma cidade pequena.

Ele riu. — Você nunca perguntou.

— Supus que, como você trabalhou em Las Vegas, era de lá.

— Praticamente todo mundo vem de algum outro lugar, Cen. Como já conheço sua família, achei que gostaria de conhecer a minha.

Foi minha vez de rir. — Não é surpresa você gostar de Westwick Corners. É praticamente uma metrópole em comparação com este lugar. Mas deve ser difícil ganhar a vida aqui. Como sua mãe consegue?

— Não consegue, ela tem outra linha de negócio.

Antes que tivesse a oportunidade de perguntar mais, a mãe de Tyler chegou com os refrigerantes. Observando-a novamente, a semelhança era óbvia. A mãe de Tyler tinha os mesmos olhos castanhos amigáveis e o sorriso acolhedor que o filho.

— Mamãe, esta é Cen. Cen, esta é minha mãe, Vivica.

— Aqui está, querida. — Ela sorriu para mim ao colocar meu copo sobre a mesa e, em seguida, o de Tyler. — Ouvi falar sobre os problemas em Vegas. Fico feliz por Ty ter ajudado você.

— Cen não precisou da minha ajuda, mamãe. Ela cuidou de tudo muito bem.

Corei. — Não foi nada demais. Só alguns problemas de família. — Gostasse eu ou não, os problemas de tia Pearl também eram meus. Apesar das falhas, tia Pearl era leal às pessoas de quem gostava e também me ajudaria.

— Ouvi dizer que você se saiu muito bem. — Vivica Gates sorriu. — Considerando que foi jogada no meio da confusão.

Fiquei imaginando exatamente o que e quanto Tyler contara à mãe. No fim, não importava muito. O que estava feito, estava feito. As pessoas poderiam tirar as próprias conclusões.

Mudei de assunto. — Este lugar parece muito quieto.

Vivica suspirou. — A cidade já viu dias melhores, com certeza. Apenas alguns poucos de nós moramos aqui agora.

— Lamento ouvir isso — disse eu. — Minha cidade é do mesmo jeito. Todos estão indo embora para lugares maiores.

Vivica assentiu. — Tyler me contou sobre o seu hotel e seus planos de ressuscitar a cidade.

— Você também poderia fazer isso — comentei. — Só precisa achar uma forma de anunciar a cidade aos turistas.

— Ah, não me entenda mal. Eu gosto da solidão. Consigo fazer minha magia em paz. É bom não ter que esconder os talentos.

Tyler sorriu para mim. — Vocês duas têm muito em comum.

— Você é uma... ahm... — Não consegui dizer em voz alta.

— Uma bruxa. — Vivica terminou a frase por mim. — Sim, sou.

Fiquei boquiaberta. Não era surpresa que Tyler conseguisse lidar com as confusões de tia Pearl tão bem. Subitamente, tudo fez sentido.

— Esse é seu grande segredo, não é? Aquele sobre o qual tia Pearl vive falando. — Eu sempre supusera que fosse algo ruim, uma mancha no passado de Tyler.

Os olhos castanhos dele brilharam divertidos. — Você acha que não existem outras bruxas por aí?

— Você sabe sobre nós.

— É claro que sei. Consigo detectar uma bruxa a quilômetros de distância.

— Sabe sobre mim?

Tyler assentiu. — Apesar de eu não ter visto nenhuma prova. Ou você é muito boa ou está totalmente fora de forma.

Sorri. — Ouvi dizer que sou as duas coisas.

— Você provavelmente depende de Pearl para isso, estou certo?

— Sim. — Pela primeira vez na vida, eu estava muito orgulhosa de ser uma bruxa. E sobrinha de tia Pearl. — Você não tem problemas com todas as minhas peculiaridades?

— É claro que não, mas eu não chamaria a bruxaria de peculiaridade, Cen. — Tyler colocou a mão sobre a minha. — Eu aceitaria você como é, não importa como é. É isso que a torna tão especial. A bruxaria é um bônus.

A reação de Tyler foi uma mudança refrescante do meu último namorado, que dizia que meus talentos sobrenaturais eram constrangedores e que acabariam com a carreira dele.

— É bom ver Tyler com uma garota parecida com a mãe dele. — Vivica riu. — Eu também não preciso fingir que sou normal. Posso ser eu mesma. — Ela se virou e foi para a cozinha com nossos pedidos.

— Eu não sabia que você... — Subitamente, fiquei sem palavras.

— Filho de uma bruxa? — Tyler sorriu ao apertar minha mão.

Caí na gargalhada. — Exatamente as palavras que eu estava procurando.

Pela primeira vez em muito tempo, eu me senti bem sobre todos os meus aspectos. Estava confortável sendo eu mesma. Não precisava esconder meus talentos nem fingir ser outra pessoa. Poderia ser eu mesma.

Ali estava eu, a centenas de quilômetros de Westwick Corners, em uma cidade onde nunca estivera. E, ainda assim, senti-me totalmente em casa.

* * *

GOSTOU DE *BRUXAS AOS FARRAPOS?* Então, leia o próximo livro da série

Bruxas e Famosas

INCREVA-SE TAMBÉM EM HTTP://EEPURL.COM/c0jHW1 para receber a minha newsletter semestral com as últimas novidades sobre meus livros.

colleencross.com

NOTA DA AUTORA

Se você gostou de *Bruxas aos Farrapos*, recomende-o aos seus amigos e deixe uma avaliação breve. Basta uma ou duas frases, o boca a boca é o melhor amigo dos autores!

Bruxas aos Farrapos é o segundo livro da série *Mistérios das Bruxas de Westwick* e tenho muitos outros livros planejados. Enquanto leitores como você gostarem de minhas histórias, continuarei a escrevê-las.

Quer ser o primeiro a saber sobre novos lançamentos? Registre-se para receber notificações em www.colleencross.com

Também tenho várias outras séries de mistério e suspense das quais você talvez goste. Obtenha meus outros livros aqui.

Obrigada por ler meu livro!

Colleen Cross

OUTRAS OBRAS DE COLLEEN CROSS

Boletim informativo de novos lançamentos
http://eepurl.com/c0jHW1

Série de Aventuras de Suspense e Mistério com a Investigadora Katerina Carter
Teoria dos Jogos
Fórmula Mortal
Greenwashing : A Farsa Verde
A Farsa Vermelha - uma curta história

Série Mistérios das Bruxas de Westwick
Que Bruxaria é Essa?
Bruxas aos Farrapos
Bruxas e Famosas
Bruxarias de Natal

Não ficção
Anatomy of a Ponzi Scheme

www.ingramcontent.com/pod-product-compliance
Lightning Source LLC
Chambersburg PA
CBHW030025200726
48283CB00012B/1013